Lawrence Block
Der Dieb, der gern Kipling zitierte

SERIE PIPER
Band 5603

Zu diesem Buch

Buchhändler und Einbrecher Bernie Rhodenbarr kann endlich mal seine beiden Berufe miteinander verbinden: Auf einem seiner nächtlichen Beutezüge fällt ihm eine äußerst seltene Kipling-Ausgabe in die Hände.

Doch auch andere Leute sind an dieser Rarität interessiert, unter anderen ein enorm reicher Inder. Und der bisherige Eigentümer bedient sich seltsamer Methoden, um wieder in den Besitz des Buches zu kommen. Bald verliert Bernie den Überblick und muß fürchten, auch noch sein Leben zu verlieren.

Lawrence Block, geboren 1938 in Buffalo/New York, lebt in Boston. Kolumnist beim »Writer's Digest«. Seine Bernie-Rhodenbarr-Romane erscheinen komplett in der Serie Piper Spannung.

Lawrence Block

Der Dieb, der gern Kipling zitierte

Kriminalroman

Aus dem Amerikanischen
von Felix von Poellheim

Piper
München Zürich

SERIE PIPER
SPANNUNG
Herausgegeben von Friedrich Kur

Von Lawrence Block liegen
in der Serie Piper Spannung außerdem vor:
Alte Morde rosten nicht (5523)
Ein Philosoph mit langen Fingern (5549)
Viele Wege führen zum Mord (5580)
Der Dieb, der wie Mondrian malte (5594)
Diebe nehmen, was sie kriegen (5598)

Die Originalausgabe erschien 1979 unter dem Titel
»The Burglar Who Liked to Quote Kipling«
bei Random House, Inc., New York.
Die deutsche Ausgabe, deren Übersetzung
wir übernommen haben,
erschien erstmals 1983 unter dem Titel
»Wer immer klaut, dem glaubt man nicht«
im Scherz Verlag, Bern–München–Wien.

ISBN 3-492-15603-7
Oktober 1993
R. Piper GmbH & Co. KG, München
Lizenzausgabe mit Genehmigung des
Scherz Verlages, Bern und München

Umschlag: Federico Luci, unter Verwendung
einer Zeichnung von Jörg Extra
Foto Umschlagrückseite: Jacques Sassier
Satz: Ebner, Ulm
Druck und Bindung: Clausen & Bosse, Leck
Printed in Germany

1

Er mußte Anfang Zwanzig sein. Es war schwierig, sein Alter zu schätzen, denn von seinem Gesicht war wenig zu sehen. Sein rotbrauner Bart fing gleich unter den Augen an, und die Augen steckten hinter einer dicken Hornbrille. Er trug ein nicht zugeknöpftes Khaki-Armeehemd und ein T-shirt mit einer Reklame für ein Bier aus Süddakota, das gerade in Mode war und angeblich mit sauberem Bachwasser gebraut wurde. Seine Hosen waren aus braunem Kord, die Turnschuhe blau mit einem goldenen Streifen. In der einen ungepflegten Hand hielt er eine Flugtasche der Braniff Airlines, in der anderen einen Band Gedichte von William Cowper.

Er legte das Buch neben die Kasse, kramte in seiner Hosentasche, brachte zwei Vierteldollarmünzen zum Vorschein und legte sie neben dem Buch auf die Theke.

»Ach, der arme Cowper«, sagte ich und nahm den Band in die Hand. Der Einband war etwas schäbig und der Grund, warum das Buch auf dem Ramschtisch gelandet war. »Mein Lieblingsgedicht ist *Die pensionierte Katze*. Es steht bestimmt drin.« Er trat unruhig von einem Fuß auf den andern, während ich im Inhaltsverzeichnis nachschlug. »Da ist es: Seite einundfünfzig. Kennen Sie es?«

»Nein.«

»Es wird Ihnen gefallen. Von den verbilligten Büchern kosten drei einen Dollar, da kommen Sie noch günstiger weg als mit einem für vierzig Cent. Nehmen Sie nur das eine?«

»Genau.« Er schob die beiden Münzen etwas näher zu mir hin. »Nur das eine.«

»Gut«, sagte ich und sah ihm ins Gesicht, von dem eigentlich nur die Stirn zu erkennen war. Und die wirkte glatt und sorglos. Dagegen mußte man was unternehmen. »Vierzig Cent für den Cowper und drei Cent für den Gouverneur in Albany, denn der Staat will seine Umsatzsteuer haben – das macht alles in allem . . .« Ich beugte mich über die Theke und strahlte ihn mit meinen perlweißen Zähnen an. »Ich geb's Ihnen für zweiunddreißig Dollar und siebzig Cent«, schloß ich.

»Was?«

»Der Band Byron: Saffianledereinband, marmoriertes Vorsatzblatt. Ich glaube, er ist mit fünfzehn Dollar ausgezeichnet. Der Wallace Stevens ist eine Erstausgabe, zwölf Dollar sind dafür ein erstklassiges Angebot. Der Roman, den Sie noch mitgenommen haben, kostet ungefähr drei Dollar. Vermutlich wollen Sie ihn sogar lesen, denn für den kriegen Sie nicht viel, wenn Sie ihn wieder verkaufen.«

»Ich weiß nicht, wovon Sie überhaupt reden!«

Ich kam hinter der Theke hervor und postierte mich zwischen ihm und der Tür. Er sah nicht so aus, als wollte er abhauen, aber er trug Turnschuhe. Man kann nie wissen. Diebe sind unberechenbar.

»In der Flugtasche«, sagte ich. »Ich nehme an, daß Sie bezahlen wollen, was Sie eingesteckt haben.«

»Ach, die?« Er blickte auf die Tasche hinunter, als merkte er erst jetzt, daß er sie trug. »Da ist nur mein Turnzeug drin. Sie wissen ja – Socken, ein Handtuch, so was.«

»Wie wär's, wenn Sie die mal aufmachen.«

Auf seiner Stirn bildeten sich kleine Schweißperlen, aber er war entschlossen, die Geschichte auszufechten. »Sie können mich nicht zwingen«, erwiderte er. »Dazu haben Sie kein Recht.«

»Aber ich kann einen Polizisten rufen. Der kann Sie zwar auch nicht zwingen, aber er kann Sie zur Wache bringen und einsperren. Und dann darf er die Tasche öffnen. Wollen Sie es wirklich riskieren? Machen Sie auf!«

Er gehorchte. Die Tasche enthielt ein Paar Wollsocken, ein Handtuch, eine zitronengelbe Turnhose und die drei Bücher, die ich aufgezählt hatte. Außerdem noch eine hübsche Erstausgabe von Steinbecks *Autobus auf Seitenwegen*, noch originalverpackt. Sie war mit siebzehn Dollar fünfzig ausgezeichnet, vielleicht ein klein wenig zu hoch.

»Der ist nicht von hier«, sagte er.

»Haben Sie eine Quittung?«

»Nein, aber . . .«

Ich rechnete kurz und schenkte ihm wieder mein strahlendes Lächeln. »Ich geb's Ihnen alles zusammen für fünfzig Dollar«, sagte ich, »und damit Schluß.«

»Sie berechnen mir auch den Steinbeck?«

»Hm-hm.«

»Aber den hatte ich schon vorher.«
»Fünfzig Dollar«, sagte ich.
»Hören Sie, ich will diese Bücher nicht *kaufen*!« Er rollte mit den Augen. »O Gott, warum bin ich bloß hierher gekommen? Hören Sie, ich will keine Schwierigkeiten haben.«
»Ich auch nicht.«
»Was zu kaufen ist das letzte, was ich möchte. Behalten Sie die Bücher, auch den Steinbeck. Zum Teufel damit. Lassen Sie mich einfach gehen, klar?«
»Ich finde, Sie sollten die Bücher kaufen.«
»Ich habe kein Geld. Nur diese fünfzig Cent. Die können Sie auch noch behalten! Behalten Sie auch die Turnhose und das Handtuch und die Socken, okay? Aber lassen Sie mich jetzt gehen!«
»Sie haben kein Geld?«
»Nein, überhaupt keins! Nur die fünfzig Cent. Hören Sie . . .«
»Zeigen Sie mir Ihre Brieftasche.«
»*Was* soll ich? Ich habe keine!«
»In der rechten Gesäßtasche. Holen Sie sie raus und geben Sie sie mir!«
»Ich träume wohl!«
Ich schnalzte mit den Fingern. »Die Brieftasche!«
Es war ein hübsches schwarzes Lederding, mit der verräterischen kleinen Ausbuchtung eines zusammengerollten Kondoms, was mich an meine eigene verlorene Jugendzeit erinnerte. Im Geldfach steckten fast hundert Dollar. Ich zählte fünfzig in Zehnern und Fünfern ab, steckte den Rest zurück und reichte die Brieftasche ihrem Besitzer.
»Das ist mein Geld«, sagte er.
»Sie haben Bücher dafür gekauft«, klärte ich ihn auf. »Möchten Sie eine Quittung?«
»Ich möchte nicht mal die Bücher!« Seine Augen hinter den dicken Brillengläsern wurden wäßrig. »Was soll ich denn damit anfangen?«
»Daß Sie sie lesen, glaube ich kaum. Was hatten Sie denn ursprünglich damit vor?«
Er starrte auf seine Turnschuhe. »Ich wollte sie verkaufen.«
»An wen?«
»Keine Ahnung. In irgendeinem Laden.«

»Wieviel wollten Sie dafür verlangen?«
»Ich weiß es nicht. Fünfzehn, zwanzig Dollar.«
»Mehr als zehn würden Sie nie dafür kriegen.«
»Vermutlich.«
»Schön«, sagte ich. Ich nahm einen seiner Zehner und drückte ihn ihm in die Hand. »Verkaufen Sie sie mir!«
»Was?«
»Das erspart Ihnen die Rumrennerei. Ich kann gute Bücher immer brauchen, sie sind genau die Art, die ich führe. Also nehmen Sie die zehn Dollar.«
»Ich werde noch wahnsinnig!« rief er.
»Möchten Sie die Bücher oder das Geld? Es liegt ganz bei Ihnen.«
»Die Bücher will ich nicht.«
»Dann das Geld?«
»Muß ich wohl.«
Ich nahm ihm die Bücher ab. »Stecken Sie Ihre Brieftasche ein«, sagte ich, »ehe Sie sie verlieren.«
»So was Verrücktes ist mir noch nie passiert! Sie haben mir für Bücher, die ich gar nicht wollte, fünfzig Dollar abgenommen, und jetzt geben Sie mir zehn wieder. Da fehlen vierzig Dollar, verdammt noch mal!«
»Sie haben eben teuer eingekauft und billig verkauft. Die meisten Leute machen es anders herum.«
»*Ich* sollte die Polizei holen. *Ich* bin derjenige, der beklaut wird!«
Ich stopfte sein Turnzeug in die Braniff-Tasche, zog den Reißverschluß zu und hielt sie ihm hin. Dann streckte ich den Zeigefinger aus und legte ihn ihm unter das haarige Kinn. »Ein Tip von mir«, sagte ich.
»Hm?«
»Machen Sie den Laden dicht.«
Er sah mich fragend an.
»Suchen Sie sich einen anderen Beruf. Hören Sie mit dem Klauen auf! Sie sind nicht sehr begabt dafür, und das Leben, das Sie als Dieb führen müßten, liegt Ihnen nicht. Studieren Sie noch?«
»Ich habe aufgehört.«
»Warum?«

»Es war mir nicht wichtig.«
»Die wenigsten Dinge sind wichtig. Aber warum nehmen Sie nicht noch mal einen Anlauf? Machen Sie Ihr Examen und suchen Sie sich eine Stelle, die Ihnen gefällt. Für einen Berufsdieb sind Sie nicht geeignet.«
»Für einen Berufsdieb . . .« Er rollte wieder mit den Augen. »Mein Gott, ich habe ein paar Bücher geklaut! Machen Sie doch keine so große Sache draus!«
»Jeder, der stiehlt, um seine Beute wieder zu verkaufen, ist ein Berufsverbrecher«, sagte ich. »Sie haben es nur nicht besonders geschickt angefangen, das ist alles. Ich meine es wirklich ernst. Suchen Sie sich einen andern Beruf.« Ich legte ihm die eine Hand leicht auf seinen Arm. »Bitte, mißverstehen Sie mich nicht, wenn ich das sage – aber die Sache ist die: Sie sind zu dumm zum Stehlen!«

2

Nachdem er gegangen war, steckte ich seine vierzig Dollar in meine Brieftasche, wo sie prompt zu *meinen* vierzig Dollar wurden. Ich setzte den Steinbeck auf fünfzehn Dollar herunter und stellte ihn und die andern Bücher ins Regal. Dabei entdeckte ich ein paar herumliegende Bücher und stellte sie hin, wohin sie gehörten.
Ein paar Kunden kamen und gingen. Vom Ramschtisch wurden mehrere Bücher gekauft. Dann setzte ich eine Heritage-Club-Ausgabe von Vergils *Eklogen* herunter (Kassettenausgabe, die Kassette hatte Wasserflecken, der Rücken war etwas beschädigt, Preis: acht Dollar fünfzig). Die Frau, die den Vergil kaufte, war selbst ein wenig abgegriffen. Sie hatte eine taillenlose Figur und rote Locken. Ich hatte sie schon früher in meinem Laden gesehen, es war das erstemal, daß sie etwas kaufte. Die Dinge entwickelten sich.
Ich beobachtete sie, wie sie mit ihrem Vergil davonging, dann setzte ich mich mit einer Neuausgabe von Grosset & Dunlaps *Drei Soldaten* hinter die Theke. Im Augenblick las ich mich gerade durch alle Kiplings, die ich am Lager hatte. Einige

Bücher von ihm hatte ich vor Jahren gelesen, aber die *Drei Soldaten* kannte ich noch nicht. Mit großem Vergnügen machte ich Bekanntschaft mit Ortheris und Learoyd und Mulvaney. Dann klingelte die kleine Glocke über der Ladentür und kündigte das Erscheinen eines Besuchers an.
Ich blickte auf. Ein Mann in einer blauen Uniform kam mit großen Schritten auf mich zu. Er hatte ein breites, offenes, ehrliches Gesicht. Doch in meinem neuen Beruf hatte ich sehr schnell gelernt, daß man ein Buch nicht nach seinem Umschlag beurteilen sollte. Mein Gast war Ray Kirschmann, der beste Polizist, den man für Geld kaufen kann, und mit Geld konnte man ihn sieben Tage die Woche kaufen.
»He, Bernie!« sagte er und stützte sich mit einem Ellbogen auf die Theke. »Hast du in letzter Zeit was Hübsches gelesen?«
»Hallo, Ray.«
»Was liest du da?« Ich hielt ihm das Buch hin. »Schund«, sagte er. »Einen ganzen Laden voll Bücher – du solltest was Anständiges lesen.«
»Und das wäre?«
»Na, Joseph Wambaugh zum Beispiel. Oder Ed McBain. Jemand, der nicht lange drumrumredet.«
»Ich werde dran denken.«
»Wie läuft das Geschäft?«
»Nicht zu schlecht, Ray.«
»Du sitzt einfach hier, kaufst Bücher, verkaufst sie und verdienst dir so dein Geld, richtig?«
»So ist das eben bei uns in Amerika.«
»Hm-hm. Eine große Veränderung, was?«
»Die regelmäßige Arbeitszeit gefällt mir, Ray.«
»Ich meine die berufliche Veränderung. Vom Dieb zum Buchhändler. Weißt du, wie das klingt? Wie ein Buchtitel. Du solltest darüber schreiben: *Vom Dieb zum Buchhändler*! Darf ich dich was fragen, Bernie?«
Und wenn ich was dagegen hätte? »Nur zu«, sagte ich.
»Was verstehst du eigentlich von Büchern?«
»Tja, also, ich habe immer viel gelesen.«
»Im Knast, meinst du.«
»Auch draußen, schon als Kind. Du weißt doch, was Emily Dickinson mal sagte: ›Es gibt kein besseres Schiff für die

Phantasie als ein Buch.‹«
»Aber du bist nicht rumgelaufen und hast Bücher aufgekauft und dann einen Laden aufgemacht.«
»Der Laden war schon da. Ich war seit Jahren Kunde und kannte den Besitzer. Er wollte verkaufen und nach Florida ziehen.«
»Und jetzt läßt er sich die Sonne auf den nackten Bauch scheinen.«
»Soviel ich gehört habe, hat er in St. Petersburg ein neues Geschäft aufgemacht. Er hielt das Nichtstun nicht aus.«
»Wie schön für ihn. Wie hast du es denn geschafft, die Dollar dafür zusammenzukratzen, Bernie?«
»Ich kam an ein bißchen Geld.«
»Hm-hm. Ein Verwandter starb oder so was.«
»So ähnlich.«
»Eben. Ich vermute eher – im Winter warst du einen Monat verschwunden, ich glaube, im Januar.«
»Und einen Teil vom Februar.«
»Ich vermute, du warst unten in Florida und hast das getan, was du am besten kannst. Du hattest Glück und bist mit einer Ladung Schmuck abgehauen. Ich vermute, die hast du dann in einen netten kleinen Haufen Bares umgetauscht und beschlossen, daß Mrs. Rhodenbarrs kleiner Junge Bernard sich eine vertrauenswürdige Fassade zulegen sollte.«
»Das vermutest du also?«
»Hm-hm.«
Ich überlegte eine Weile. »Es war nicht Florida«, sagte ich dann.
»Na schön, vielleicht Nassau, St. Thomas. Was soll's, zum Teufel!«
»Offen gestanden, es war Kalifornien. Orange County.«
»Spielt keine Rolle.«
»Es war auch nicht Schmuck. Es war eine Münzsammlung.«
»So was hat dir schon immer gefallen.«
»Münzen sind eine hervorragende Anlage.«
»Nicht, wenn du in der Nähe bist. Und so hast du dir eine goldene Nase gemacht.«
»Sagen wir mal, es war kein Verlustgeschäft.«
»Dann kauftest du diesen Laden.«

»Genau. Mr. Litzauer verlangte kein Vermögen dafür. Für den Lagerbestand machte er mir einen anständigen Preis und überließ mir die Regale umsonst.«
»›Barnegat Books‹. Woher hast du den Namen?«
»Ich behielt ihn. Ich wollte nicht auch noch für ein neues Ladenschild Geld ausgeben. Litzauer besaß ein Sommerhaus in Barnegat Light an der Küste von Jersey. Deshalb ist das Signet ein Leuchtturm.«
»Habe ich noch gar nicht bemerkt. Du solltest deinen Laden lieber ›Zum Bücherklau‹ nennen. *Diese Bücher sind geklaut* – das wäre der passende Slogan, verstehst du?«
»Früher oder später werde ich es wohl noch einsehen.«
»He, bist du wütend? Ich wollte dich nicht beleidigen. Es ist eine hübsche Tarnung, wirklich, Bern.«
»Es ist keine Tarnung. Es ist mein Beruf.«
»Was?«
»Damit verdiene ich mir meinen Lebensunterhalt, Ray, und sonst mit gar nichts! Ich bin ins Buchgeschäft eingestiegen.«
»Selbstverständlich.«
»Ich meine es ernst.«
»Klar.«
»Du kannst es ruhig glauben.«
»Hm. Hör zu, ich verrate dir den Grund, warum ich hier bin: Weil ich nämlich kürzlich an dich denken mußte. Als meine Frau mir auf die Nerven ging. Warst du je verheiratet?«
»Nein.«
»Du bist so eifrig dabei, dir ein neues Leben aufzubauen, vielleicht heiratest du auch bald. Sie wollte nämlich – es ist schon Oktober, und sie glaubt, es gibt einen langen Winter. Hast du meine Frau mal kennengelernt?«
»Ich habe mal mit ihr telefoniert.«
»Die Blätter werden dieses Jahr früh gelb. Das bedeutet einen kalten Winter. Jedenfalls behauptet sie es. Und wenn das Laub erst spät braun wird, würde das *auch* einen kalten Winter ankündigen.«
»Sie hat wohl Kälte gern?«
»Sie hat es gern, wenn sie in der Kälte nicht frieren muß. Was sie haben will, ist ein Pelzmantel.«
»Aha!«

»Sie ist ungefähr einen Meter siebzig und hat Größe 40. Manchmal fastet sie sich auf Größe 38 runter, doch dann schaufelt sie zuviel Spaghetti in sich rein und wird zu einer Vierundvierziger. Aber ich glaube nicht, daß ein Pelzmantel so passen muß wie ein Handschuh, was?«
»Ich verstehe nicht viel davon.«
»Sie will einen Nerz. Keinen Naturpelz und keine geschützten Tiere, da wird sie richtig zur Fanatikerin. Die Nerze werden auf Farmen gezüchtet, weißt du, die kleinen Viecher werden nicht mit der Falle gefangen und müssen nicht leiden und sind auch nicht geschützt und das alles. Man bringt sie einfach mit Gas um und zieht ihnen das Fell ab.«
»Wie schön für die Tierchen. Fast wie beim Zahnarzt.«
»Wegen der Farbe ist sie nicht wählerisch, glaube ich. Hauptsache, sie ist modern, wie Platin oder Champagner. Nur nicht das übliche Dunkelbraun.«
Ich nickte und stellte mir im Geiste Mrs. Kirschmann im Pelz vor. Da ich nicht wußte, wie sie aussah, stellte ich mir eine ziemlich dicke vor.
»Aha«, rief ich plötzlich. »Du erzählst mir das nicht ohne Grund.«
»Nun, ich habe mir überlegt, Bernie . . .«
»Ich bin nicht mehr im Geschäft, Ray.«
»Ich habe mir nur gedacht, daß du vielleicht zufällig mal auf so einen Mantel stößt, verstehst du? Ich dachte, daß du und ich, wir kennen uns schon lange, wir haben viel zusammen erlebt, wir beide, und . . .«
»Ich bin kein Dieb mehr, Ray!«
»Ich will ihn nicht umsonst, Bernie. Ich möchte ihn nur günstig.«
»Ich klaue nicht mehr, Ray.«
»Du wiederholst dich.«
»Ich bin nicht mehr so jung wie früher. Das geht zwar jedem so, aber seit neuestem spüre ich mein Alter. Wenn man jung ist, hat man vor nichts Angst. Wenn man älter wird, hat man pausenlos Angst. Ich möchte nicht mehr einsteigen, Ray. Ich mag keine Gefängnisse.«
»Heutzutage sind es die reinsten Freizeitclubs.«
»Dann haben sie sich aber sehr geändert.«

»Ein Typ wie du könnte in der Gefängnisbibliothek arbeiten.«
»Trotzdem – nachts wird man eingesperrt.«
»Du bist also ehrlich geworden?«
»Genau.«
»Wie lange bin ich schon hier? Nicht ein einziger Kunde ist in der Zeit in den Laden gekommen.«
»Vielleicht schreckt sie deine Uniform ab, Ray.«
»Vielleicht geht das Geschäft auch nicht so gut, wie es sollte. Wie lange bist du schon dabei, Bernie? Sechs Monate?«
»Beinahe sieben.«
»Ich wette, du verdienst nicht mal die Miete.«
»Es läuft hervorragend«, antwortete ich, merkte mir meine Seite in den *Drei Soldaten* und stellte das Buch hinter mir ins Regal. »Vorhin habe ich erst an einem einzigen Kunden vierzig Dollar verdient. Ich schwöre dir, es war leichter als stehlen.«
»Tatsächlich? Als die Kugel noch richtig rollte, hast du in eineinhalb Stunden zwanzigtausend verdient.«
»Und wenn ich Pech hatte, landete ich hinter Gittern.«
»Vierzig Dollar! Ich sehe förmlich, wie du vor Freude einen Handstand machst.«
»Es gibt einen Unterschied zwischen ehrlichem Geld und dem andern.«
»Ja, und dieser Unterschied beläuft sich auf 19 960 Dollar. Das sind doch nur kleine Fische, Bern. Sei ehrlich. Davon kannst du nicht leben!«
»Soviel habe ich nie gestohlen, Ray. Ich habe nie große Ansprüche gestellt. Ich habe eine kleine Wohnung an der Upper West Side, ich gehe in keine Nachtlokale, ich wasche meine Wäsche in der Waschmaschine im Keller. Der Laden ist eine regelmäßige Einnahmequelle. Bist du so nett und hilfst mir mal?«
Zu zweit zogen wir den Ramschtisch vom Gehweg in den Laden. »Sieh dir das nur an!« sagte er. »Ein Polizist und ein Dieb leisten körperliche Arbeit! Man sollte ein Foto von uns machen. Wieviel kriegst du für das Zeug? Vierzig Cent, drei für einen Dollar? Und dafür kannst du dir Hemden und Socken kaufen, was?«
»Ich bin ein sehr überlegter Käufer.«

»Hör mal, Bernie, wenn du einen besonderen Grund hast, warum du mir bei dem Pelzmantel nicht helfen willst . . .«
»Diese Polizisten!«
»Was ist mit ihnen?«
»Ein Mensch bessert sich, und du weigerst dich, es zu glauben. Als du mich auf den Pfad der Tugend zurückholen wolltest, hast du dich bald heiser geredet, und jetzt?«
»Zum Teufel, wann habe ich von dir verlangt, daß du ehrlich wirst? Du bist ein erstklassiger Dieb. Warum sollte ich dich ändern wollen?«
Mehr sagte er nicht zu dem Thema. Ich packte ein paar Kriminalromane in eine Einkaufstüte und begann, den Laden dichtzumachen. Er erzählte mir von seinem Partner, einem ordentlichen, ruhigen jungen Mann mit einer Schwäche für Pferde und manchmal auch für Aufputschmittel.
»Früher verlor er ständig und jammerte einem die Ohren voll«, beschwerte sich Ray. »Bis letzte Woche. Er setzte auf die richtigen Renner, als hätte er Röntgenaugen. Jetzt gewinnt er nur noch. Ich schwöre dir, als er verlor, mochte ich ihn lieber.«
»Seine Glückssträhne hält nicht ewig an, Ray.«
»Das sage ich mir auch immer wieder. Was ist denn das – Gitter vor den Fenstern? Du willst nichts riskieren, was?«
Ich zog die Gitter runter und schloß ab. »Sie waren schon da, als ich einzog«, antwortete ich steif. »Es wäre blöde, sie nicht zu gebrauchen.«
»Warum solltest du es einem andern Dieb auch leicht machen? Bei Dieben gibt's keine Ehrlichkeit, heißt es nicht so? Was passiert, wenn du deinen Schlüssel vergißt, he, Bernie?«
Ich antwortete nicht und glaube auch nicht, daß er eine Antwort erwartete. Er kicherte nur und legte mir eine schwere Hand auf die Schulter. »Wahrscheinlich würdest du einen Schlosser holen«, sagte er. »Schließlich könntest du das Schloß nicht mit einem Dietrich öffnen, denn du bist kein Dieb mehr. Du bist jetzt nur noch Buchhändler.«

Barnegat Books liegt in der 11. Straße Ost zwischen Broadway und University Place. Nachdem ich abgeschlossen hatte, trug ich meine Einkaufstüte zwei Türen nach Osten weiter zu einem Hundesalon, der sich die *Pudelfabrik* nannte. Carolyn

Kaiser hatte einen unruhigen Yorkshire Terrier auf dem Behandlungstisch liegen und polierte ihm die kleinen Krallen.
»Was, schon so spät?« sagte sie. »Ich muß nur noch den kleinen Prinz Philip hier fertig machen, dann können wir gehen. Wenn ich nicht bald etwas zu trinken bekomme, fange ich an zu jaulen wie ein Chihuahua.«
Ich machte es mir auf dem Kuschelsofa bequem, während Carolyn den Krallen den letzten Schliff gab und den Hund zurück in seinen Käfig steckte. Dabei beklagte sie sich ausgiebig über das schlechte Benehmen ihrer Freundin. Randy war in der Nacht betrunken und zerzaust nach Hause gekommen und hatte herumgegrölt, und Carolyn hatte die Nase voll.
»Es wird Zeit, daß ich diese Beziehung beende«, erklärte sie mir. »Aber die Frage ist, wie fühle ich mich dann? Die Antwort ist, daß ich keine Ahnung habe, wie ich mich fühle, weil der Kontakt zu meinen Gefühlen abgeschnitten ist, und wenn ich schon nicht zu ihnen durchdringen kann, dann brauche ich mir auch keine Gedanken darüber zu machen. Gehen wir lieber in eine Kneipe mit Alkohollizenz, denn im Augenblick möchte ich nur eins: mich wohler fühlen, als ich mich im Moment fühle. Und wie war *dein* Tag, Bernie?«
»Ein bißchen lang.«
»Ja, du wirkst leicht angeschlagen. Hauen wir ab? Ich habe den Geruch in diesem Laden so satt! Ich habe das Gefühl, als hätte ich mich auch noch mit Hundeduft parfümiert!«
Wir verdrückten uns um die Ecke in eine ziemlich schäbige Kneipe, die das *Bum Rap* hieß, was man auch mit »des Stadtstreichers letzter Cent« übersetzen könnte. Die Musikbox hatte eine Schwäche für Country- und Western-Musik. Barbara Mandrell sang vom Ehebruch, während wir uns auf die Hocker an der langen dunklen Theke schwangen. Carolyn bestellte Wodka-Martini mit Eis, ich verlangte Sodawasser mit Limone und kassierte dafür ein Nicken des Barmanns und einen verwunderten Blick von Carolyn.
»Es ist Oktober«, sagte sie.
»Na, und?«
»Fastenzeit ist im Frühjahr.«
»Stimmt.«
»Hat es dir der Arzt verordnet oder was? Willst du deiner alten

Leber eine Erholungspause gönnen?«
»Ich habe heute abend keine Lust auf Alkohol.«
»Ein guter Grund. Also, dann auf das Verbrechen. Prost. He – habe ich da was Falsches gesagt?«
Das brachte mich auf das Thema Ray Kirschmann und die pelzliebende Gattin, und jetzt war Carolyn an der Reihe, tröstende Töne von sich zu geben. Wir haben es in der Rolle des Trösters weit gebracht. Sie geht auf die Dreißig zu, hat kurzgeschnittenes dunkelbraunes Haar und auffallend hellblaue Augen. Mit hohen Hacken ist sie einen Meter neunundsechzig groß, aber sie trägt nie welche, und sie ist gebaut wie ein Feuerhydrant, was bei ihrem Beruf gefährlich ist.
Ich lernte sie ungefähr zu der Zeit kennen, als ich den Buchladen übernahm. Randy kannte ich nicht so gut, weil ich sie nicht sooft sah. Die *Pudelfabrik* war Carolyns Solonummer. Randy ist Stewardess oder vielmehr war es, bis sie nicht mehr fliegen durfte, weil sie einen Passagier gebissen hatte. Sie ist größer und schlanker als Carolyn und ein oder zwei Jahre jünger und leicht verrückt. Randy könnte man wohl als eine Freundin bezeichnen, Carolyn und ich sind Seelenverwandte.
Meine Seelenverwandte schnalzte mitfühlend mit der Zunge. »Polizisten können einem den Nerv töten«, stellte sie fest. »Randy hatte mal was mit einem. Habe ich dir das schon erzählt?«
»Ich glaube nicht.«
»Sie hatte da eine Phase von drei Monaten, wo sie verrückt spielte, ehe sie begriff, daß sie lesbisch war. Ich glaube, es war so eine Art Verdrängungsmechanismus. Sie schlief mit Dutzenden von Männern. Dieser Polizist, den ich meine, war impotent, und sie verspottete ihn, und da hielt er ihr sein Schießeisen an die Schläfe, und sie dachte, er würde sie töten. Was wirklich jemand tun sollte. Warum, zum Teufel, rede ich die ganze Zeit von ihr, kannst du mir das verraten?«
»Keine Ahnung.«
»Hast du heute abend was vor? Triffst du dich noch mit der Frau aus der Kunstgalerie?«
»Wir haben beschlossen, getrennte Wege zu gehen.«
»Und was ist mit der verrückten Dichterin?«
»Es hat nie richtig geklappt.«

»Warum kommst du dann nicht zum Abendessen zu mir? Ich habe etwas Sensationelles im Ofen. Ich hab's heute morgen reingestellt, ehe ich merkte, wie wütend ich war. Ein flämisches Rezept. Eine Art Gulasch mit Bier und Schalotten, Pilzen und vielen andern guten Dingen. Zum Runterspülen ist genug Amstel da, auch Perrier, wenn es dir mit deiner Enthaltsamkeit ernst ist.«
Ich nippte an meinem Glas. »Ich wünschte, ich könnte kommen«, antwortete ich. »Heute abend geht's nicht.«
»Hast du was vor?«
»Ich bin einfach nur fertig. Ich fahre auf direktem Weg nach Hause und bete höchstens noch kurz zum heiligen Johannes. Mehr ist nicht drin.«
»Sollte ich ihn kennen?«
»Er ist der Schutzpatron der Buchhändler.«
»Ach ja? Und wer ist der Schutzheilige der Hundepfleger?«
»Verdammt, ich weiß es nicht.«
»Hoffentlich haben wir wenigstens einen. Man hat mich gebissen und gekratzt und angepinkelt, und ich brauche jemand, der mich tröstet. Dabei fällt mir ein – ob die Lesbierinnen auch einen Schutzheiligen haben? Bei den vielen Nonnen im Kloster müßte es eigentlich einen geben. Im Ernst, glaubst du, es gibt einen?«
Ich zuckte die Achseln. »Ich könnte es vielleicht herausfinden. Den heiligen Johannes kenne ich, weil Mr. Litzauer ein Bild von ihm im Zimmer hinter dem Laden hängen hatte. Sicherlich gibt es Bücher über Schutzheilige. Vermutlich steht so was im Laden.«
»So einen Laden zu haben muß ein herrliches Gefühl sein. Als wohnte man in einer Bibliothek.«
»So ungefähr.«
»In der *Pudelfabrik* kommt man sich vor, als lebte man in einem Hundezwinger. Du willst gehen? He, noch einen schönen Abend, Bern!«
»Danke. Morgen stell ich dann fest, ob es eine heilige Sappho gibt.«
»Falls sich die Gelegenheit dazu ergibt, wäre es nett. Hör mal, haben auch Diebe ihren Heiligen?«
»Ich werde auch das feststellen.«

Ich fuhr zum Broadway und stieg dreimal um, Ecke 86. Straße und ging einen Block bis zur *Murder Ink*, wo ich Carol Bremer meine Büchertüte verkaufte. Sie erhielt regelmäßig die neuen Kriminalromane. Ich verdiente mehr daran, wenn ich sie ihr en bloc verkaufte als zu warten, bis jemand mal eines aus dem Regal bei mir nahm.

»Charlie Chan, Philo Vance«, sagte sie. »Großartig, Bernie! Für das Zeug habe ich schon eine Warteliste. Möchtest du was trinken?«

Es war mal etwas anderes, daß mich alle zu einem Glas einladen wollten. Ich lehnte ab, verließ ihr Geschäft und sah gerade noch die roten Lichter eines Busses auf der West End Avenue. Deshalb ging ich die sechzehn Block bis zu meiner Wohnung zu Fuß. Es war ein schöner, frischer Herbstabend, und ich dachte mir, daß mir der Spaziergang guttun würde. In einem Buchladen hat man wenig frische Luft und Bewegung.

In meinem Briefkasten steckte Post. Ich nahm sie mit nach oben und warf sie in den Papierkorb. Ich war halb ausgezogen, als das Telefon läutete. Es war eine Frau, die in Chelsea eine Tagesstätte leitete. Die Eltern eines ihrer Schützlinge hatten ihr zwei Ballettkarten geschenkt, ob das nicht großartig sei. Ich stimmte ihr zu, sagte ihr aber auch, daß ich nicht mitkommen könnte. »Ich bin zu erledigt«, erklärte ich. »Ich habe mir Ruhe verschrieben, ohne Abendessen. Ich wollte gerade den Hörer aushängen, als du anriefst.«

»Trink statt dessen einen ordentlichen Kaffee. Der Soundso tanzt, der Russe, du weißt schon.«

»Es sind immer Russen. Ich würde mittendrin einschlafen. Tut mir leid.«

Sie wünschte mir süße Träume und legte auf. Ich ließ den Hörer neben der Gabel liegen. Mit Vergnügen hätte ich Carolyns Gulasch gegessen oder das Hüpfen der Russen auf der Bühne gesehen, und ich wollte nicht erfahren, was ich noch alles versäumen könnte. Eine Weile tutete es noch, dann wurde es still. Ich zog mich fertig aus, schaltete das Licht aus und kletterte ins Bett. Dann lag ich ausgestreckt da, die Arme an den Seiten, die Augen geschlossen und atmete langsam und rhythmisch und ließ meine Gedanken schweifen, wohin sie Lust hatten. Ich träumte und war in einer Art Dämmerzustand, als um neun Uhr der Wecker klingelte. Ich stand auf, duschte mich kurz, rasierte mich, zog frische Sachen an und kochte mir eine schöne Tasse Tee. Um Viertel nach neun Uhr legte ich den Hörer wieder auf die Gabel. Genau um zwanzig Minuten nach neun Uhr klingelte das Telefon.

Ich nahm ab und sagte: »Hallo.«

»Es bleibt alles beim alten«, sagte mein Anrufer.

»Gut.«

»Bei Ihnen alles wie geplant?«

»Ja.«

»Gut«, sagte er und hängte ein. Keine Namen, keine Lagebesprechung. Einen Augenblick lang musterte ich den Hörer, dann legte ich auf, entschloß mich aber anders und nahm ihn wieder ab. Es tutete noch eine Weile, doch als ich den Tee getrunken hatte, war das Telefon still.

Ich zog mich fertig an. Ich trug einen dunkelblauen Nadelstreifenanzug mit Weste, ein wedgwoodblaues Hemd, eine dunkelblaue Krawatte mit schmalen grünen und goldenen Diagonalstreifen. Meine Schuhe waren schwarze Slipper aus Kalbsleder mit dicken Kreppsohlen. Während ich durch die Wohnung ging, hier und dort etwas aufnahm und meine letzten Vorbereitungen traf, machte ich mit ihnen nicht das geringste Geräusch.

Meine Schuhe waren zwar lautlos, aber mein Magen knurrte ziemlich. Seit dem Mittagessen vor etwa neun Stunden hatte ich nichts mehr gegessen. Doch ich wollte nicht essen, und trinken würde ich klugerweise auch nichts.

Jedenfalls jetzt noch nicht.

Ich stellte fest, ob ich alles hatte, trat in den Gang hinaus, schloß zweimal ab und fuhr mit dem Aufzug an der Eingangshalle vorbei in den Keller. Ich wollte durch den Hintereingang verschwinden, damit ich nicht an unserem Portier vorbei mußte.

In der Luft lag ein ziemlich kühler Hauch, nicht kühl genug für einen Nerz, aber entschieden Mantelwetter. Ich hatte den meinen über dem Arm, und es dauerte einen Augenblick, bis ich ihn angezogen hatte.

Gab es einen Schutzheiligen der Diebe? Falls ja, kannte ich ihn nicht. Ich murmelte ein kurzes Gebet, an niemand bestimmten adressiert, und zog los, um meine Diebeslaufbahn wieder neuzubeginnen.

3

Als ich auf der Queensboro Bridge war, blickte ich zufällig auf die Benzinuhr. Die Nadel stand ganz links, weit hinter dem großen E, und plötzlich hatte ich das Gefühl, als seien es noch Meilen bis zum anderen Ende. Im Geist sah ich schon, wie mir mitten über dem East River das Benzin ausging. Der Wagen stand, überall hupte man, und wenn so gehupt wird, ist da die Polizei noch weit? Zuerst würde man noch Verständnis haben, denn Autos bleiben immer wieder stecken, doch ihr Verständnis würde schwinden, wenn sie merkten, daß ich ein geklautes Auto fuhr. Und warum, würden sie sich dann fragen, hatte ich einen Wagen gestohlen, ohne nachzusehen, wie voll der Tank war?
Ich fragte mich das auch. Ich fuhr schön rechts und ließ meinen Fuß nur leicht auf dem Gaspedal ruhen, wobei ich mich an die umweltschonenden Werbespots zu erinnern versuchte, in denen einem Tips gegeben wurden, wie man Benzin sparen konnte. Nicht zu schnell anfahren, nicht zu heftig bremsen, am Morgen den Motor nicht zu lange warmlaufen lassen. Alles vernünftige Ratschläge, nur wußte ich nicht, wie ich sie im Augenblick hätte befolgen können, und so klammerte ich mich nur ans Lenkrad und war darauf gefaßt, daß der Motor jeden Augenblick absterben und die Hölle lossein würde.
Alles ging gut. Einen Block nach der Brücke entdeckte ich eine Tankstelle und bat den Tankwart, vollzutanken. Der Wagen war ein breiter alter Pontiac mit einem Motor, der noch nie etwas von einer Energiekrise gehört hatte, und ich saß da und beobachtete, wie er über achtzig Liter Super soff. Ich überlegte, wieviel der Tank faßte. Nicht mehr als fünfundsiebzig, entschied ich. Die Pumpe war falsch eingestellt worden. Ein Kampf Mann gegen Mann herrschte hier draußen.
Die Rechnung machte fünfzehn Dollar und noch ein bißchen. Ich gab dem Jungen einen Zwanzigdollarschein, und er

schenkte mir dafür ein Lächeln und deutete auf ein Schild an einer Säule zwischen den beiden Pumpen. Nach acht Uhr abends sollte man das Geld abgezählt bereithalten oder mit Kreditkarte bezahlen. *Helfen Sie mit, es den Verbrechern schwerzumachen,* forderte das Schild. Ich weiß nicht, ob sie es schon jemand schwergemacht hatten, jedenfalls verdienten sie daran recht ordentlich.

Ich besaß ein paar Kreditkarten. Sie öffnen mir alle Türen, obwohl es nicht so wild ist, wie einem die Werbung im Fernsehen glauben machen will. Aber ich wollte in Queens keine Spur meiner Anwesenheit hinterlassen, und ich wollte auch nicht, daß jemand die Nummer des Pontiac aufschrieb. Deshalb schenkte ich dem kleinen Dreckskerl das Wechselgeld, was er mit einem hinterhältigen Grinsen quittierte, und fuhr, in mich hineinschimpfend, auf dem Queens Boulevard nach Osten.

Es ging mir nicht um das Geld. Was mich in Wirklichkeit beunruhigte war die Vorstellung, daß ich ahnungslos mit einem leeren Tank herumgekurvt war. Die Sache ist nämlich die, daß ich nicht oft einen Wagen stehle. Ich fahre nicht einmal sehr viel, und wenn ich mir für ein Wochenende auf dem Land mal einen leihe, dann kriege ich den Wagen von den Leuten bei Olin mit vollem Tank. Ich kann halb bis nach Vermont fahren, ehe ich überhaupt nur an Benzin zu denken brauche.

Heute fuhr ich nicht nach Vermont, nur nach Forest Hills, und ich hätte mit dem E-Zug sehr bequem hinkommen können. Auf diese Art und Weise hatte ich die Reise vor ein paar Tagen gemacht, um mir die Örtlichkeiten genauer anzusehen. Aber ich hatte keine Lust gehabt, für den Heimweg die U-Bahn zu nehmen, denn wenn ich die Hände voll mit dem Zeug anderer Leute habe, meide ich prinzipiell öffentliche Verkehrsmittel. Und als ich den Pontiac in der 74. Straße entdeckte, hielt ich es für ein Zeichen des Himmels. Wagen von General Motors sind am leichtesten zu knacken, der Motor am schnellsten zu starten, und dieser hatte eine Nummer aus Jersey, so würde sich niemand wundern, wenn ich in diese Richtung fuhr. Schließlich und endlich würde der Eigentümer den Wagen auch nicht als gestohlen melden. Er hatte bei einem Feuerhydranten geparkt und würde annehmen, daß die Polizei ihn abgeschleppt hatte.

Jesse Arkwright wohnte in Forest Hills Gardens. Forest Hills selbst ist eine nette, solide Mittelklassegegend südlich von Flushing Meadows, genau im Herzen von Queens. In drei von vier Häusern wohnt mindestens eine Frau, die Mah-Jongg spielt, falls sie nicht gerade beim Treffen des Fastenclubs ist. Aber Forest Hills Gardens ist sozusagen eine Enklave in einer Enklave, ein kleines Stück bester bourgeoiser Respektabilität. Alle Häuser haben mindestens drei Stockwerke, einen Giebel und ein Ziegeldach. Der Rasen ist aufs beste gepflegt, die Büsche sind gestutzt. Sogar die Straßen gehören einem Nachbarschaftsverein, der sie instand hält und das Parken nur den Anwohnern gestattet.

Wagen aus ärmeren Gegenden unternehmen in den stillen Straßen von Forest Hills Gardens häufig Beutezüge. Die Wageninsassen springen aus dem Auto, schlagen würdige Damen nieder und hauen mit ihren Krokodillederhandtaschen ab. Privatpolizei kontrolliert jene besagten Straßen vierundzwanzig Stunden am Tag, um derartige Vorfälle auf ein Minimum zu beschränken. Es ist nicht Beverly Hills, wo jeder Fußgänger von vornherein verdächtig ist, aber trotzdem – man ist dort äußerst wachsam.

Noch wachsamer ist man in der Copperwood Crescent, einer in einem Bogen verlaufenden Straße, wo massive Gebäude aus Stein und Ziegel in großen Gärten mit vielen Bäumen stehen. Unter den Bewohnern der Copperwood Crescent befinden sich der Erbe einer Schiffahrtslinie, zwei höhere Mafiosi, der Besitzer einer billigen Beerdigungskette und noch zwei bis drei Dutzend ähnlicher Typen, die gut bei Kasse sind. Ein einziger Wagen der Privatpolizei ist allein für die Sicherheit der Copperwood Crescent verantwortlich, und für die vier ebenso exklusiven Nebenstraßen – Ironwood Place, Silverwood Place, Pewterwood Place und Chancery Drive.

Wenn Forest Hills Gardens der schöne Bauch von Queens ist, dann ist Copperwood Crescent der Rubin in seinem Nabel.

Es machte mir keine Mühe, den Rubin zu finden. Bei meinem früheren Besuch war ich mit einem Taschenplan und einem

Notizblock mit Schreibunterlage überall herumspaziert – ein Mensch mit so einem Notizblock wirkt nirgends fehl am Platz. Damals hatte ich Copperwood Crescent gefunden, und ich fand sie auch jetzt. Während ich an Jesse Arkwrights Haus vorbeifuhr, einem enormen Fachwerkbau, verlangsamte ich die Geschwindigkeit kaum. In jedem der drei Stockwerke brannte hinter einem Butzenscheibenfenster ein Licht.

Am Ende der Copperwood Crescent bog ich scharf nach links in die Bellnap Court ein, eine stille, einen Block lange Sackgasse, die nicht mehr in das Hoheitsgebiet der Copperwood-Ironwood-Silverwood-Pewterwood-Chancery-Funkstreife fiel. Ich parkte am Straßenrand zwischen zwei Eichen mit Stämmen, die man gerade noch umfassen konnte, schaltete den Motor aus und zog den Verbindungsdraht aus der Zündung.

Wenn man länger parken möchte, braucht man eine Parkscheibe, aber das gilt nur für die Pendler, weil man sie daran hindern will, tagsüber die Gegend vollzustellen. Nachts wird niemand abgeschleppt. Ich ließ den Wagen also stehen und kehrte in die Copperwood Crescent zurück. Wenn eine Polizeistreife unterwegs war, so sah ich sie nicht, noch sah ich jemand, der wie ich zu Fuß ging.

Im Arkwright-Haus brannten noch dieselben drei Lampen. Ohne zu zögern ging ich die Auffahrt rechts vom Haus hinauf. Ich leuchtete mit meinem Leuchtkugelschreiber durch ein Garagenfenster. Ein glänzender Jaguar stand drinnen. Der zweite Stellplatz war leer.

Sehr gut.

Ich ging zur Seitentür. Unter der Klingel im Rahmen befand sich eine kleine quadratische Metallplatte mit einem Schlüsselloch. Dahinter glühte ein rotes Licht, ein Zeichen, daß die Alarmanlage eingeschaltet war. Wenn ich Mr. Arkwright gewesen wäre und den passenden Schlüssel besessen hätte, hätte ich ihn ins Schloß stecken und die Alarmanlage ausschalten können. Falls ich dagegen irgend etwas anderes hineinsteckte als den passenden Schlüssel, würde die Sirene losheulen und die nächste Polizeiwache alarmieren.

Sehr schön.

Ich klingelte. Der Wagen war zwar nicht da und die Alarmanlage eingeschaltet, aber man kann nie wissen, und ein Dieb, der für den Fall der Fälle sowohl Hosenträger als auch einen Gürtel trägt, verringert das Risiko, am Ende in der Klemme zu sitzen, auf ein Minimum.

Ich hatte an dieser Klingel schon einmal geklingelt, als ich nämlich mit meinem Notizblock gekommen war und bedeutungslose Fragen im Zusammenhang mit einer nichtexistierenden Abwasserkontrolle gestellt hatte. Wie beim letzten Mal lauschte ich auch jetzt auf das Viertonglockenspiel im Innern des großen alten Hauses. Ich drückte mein Ohr an die schwere Tür und lauschte angestrengt, und nachdem das Echo der Glocken verhallt war, hörte ich nichts weiter. Keine Schritte, kein Zeichen menschlichen Lebens. Ich klingelte noch einmal, und wieder war nichts zu hören als das Glokkenspiel.

Sehr gut.

Ich ging wieder zur Hinterseite. Einen Augenblick stand ich einfach nur da. Die Luft war sehr angenehm, ungewöhnlich klar und sauber. Den Mond sah ich nicht, aber ein paar vereinzelte Sterne über mir. Was mich vor allem beeindruckte, war die Stille. Der Queens Boulevard war nur ein paar Blocks entfernt, aber ich konnte keinen Verkehrslärm hören. Vermutlich hielten ihn die vielen Bäume ab.

Ich hatte das Gefühl, Hunderte von Meilen von New York entfernt zu sein, und das Anwesen der Arkwrights schien wie aus einem sentimentalen historischen Liebesroman entsprungen, als brüte es über einem winddurchwehten Moor.

Was mich betraf, hatte ich keine Zeit zum Brüten. Ich zog meine Gummihandschuhe an – hauteng, mit weggeschnittenen Handballen, damit sie bequemer waren – und sah mir die Küchentür an.

Ich danke Gott für Alarmanlagen, einbruchssichere Schlösser und strenge Sicherheitssysteme. Sie schrecken den Amateur ab und verleihen den Bürgern ein hübsches Gefühl von Sicherheit und Wohlbefinden. Wenn es diese Dinge nicht gäbe, würden alle Leute das schöne Zeug in ein Safefach stopfen. Darüber hinaus machen sie den Beruf des Einbrechers zu der spannenden Beschäftigung, für die ich ihn immer gehalten habe. Wenn jeder Dummkopf mit zwei linken Händen es ebensogut könnte, was für ein Spaß würde es noch sein?

Das Arkwright-Haus besaß eine erstklassige Alarmanlage, System Fischer, Modell NCN-30. Ich erkannte sofort, daß alle Fenster und Türen im Erdgeschoß angeschlossen waren. Ob die höhergelegenen Fenster mit einbezogen worden waren oder nicht – meistens macht man sich nicht die Mühe –, konnte ich nicht feststellen. Aber ich hatte auch keine Lust, die Wand hochzugehen, um es auf diese oder jene Weise herauszufinden. Es war einfacher, das System umzupolen.

Es gibt verschiedene Möglichkeiten, eine Alarmanlage auszuschalten. Nach der brutalen direkten Methode unterbricht man einfach die Stromzufuhr zum Haus, was jeder Raffinesse entbehrt. Zum Beispiel gehen als erstes sofort alle Lichter aus. Und manchmal geht der Schuß nach hinten los, wenn es sich nämlich um ein so gutes System handelt wie NCN-30, wo eine vom Außenstrom unabhängige Sicherung dann den Alarm auslöst (was übrigens bei einem allgemeinen Stromausfall interessante Perspektiven eröffnen würde).

Na ja. Ich benützte lieber ein paar eigene Drähte, spleißte sie sauber mit der Geschichte zusammen und umwickelte die Enden ordentlich mit Isolierband, und als ich schließlich fertig war, funktionierte die Anlage so gut wie eh und je, nur war jetzt die Küchentür nicht mehr angeschlossen. Ein Regiment Kavallerie hätte hindurchreiten können, ohne daß NCN-30 Scherereien gemacht hätte. Die ganze Operation wäre über die Kräfte eines Durchschnittseinbrechers gegangen, und was für ein Glück, daß ich kein Durchschnittseinbrecher bin, nicht wahr?

Nachdem die Alarmanlage *hors de combat* war, schenkte ich meine Aufmerksamkeit der dicken Eichentür, die ein *hors* von anderem Kaliber war. Ein Dietrich öffnete das Originalschloß, doch es gab noch zwei andere, ein Segal und ein Rabson. Während ich mit der einen Hand mit der kleinen Taschenlampe leuchtete, probierte ich mit der andern mit den Dietrichen und Drähten an meinem Ring. Zwischendurch hielt ich inne und legte ein Ohr an das dicke Holz. (Es ist wie bei den Muscheln. Wenn man genau hinhört, rauscht es wie im Wald.)

Als schließlich die letzte Zacke eingerastet war, drehte ich den Griff, zog und drückte und – nichts passierte.
An der Innenseite war ein Riegel. Ich leuchtete den Türspalt entlang, bis ich ihn entdeckte, und schob ein handliches kleines Werkzeug hinein, das ich mir aus einer Eisensäge angefertigt hatte. Ich schob es hin und her, bis der Riegel durch war. Ich probierte wieder, ob die Tür nachgab, und was glauben Sie, geschah jetzt? Man hatte eine Kette vorgelegt, die die Tür nach ein paar Zentimetern bremste. Ich hätte sie auch durchsägen können, nur, wozu? Es war einfacher, mit der Hand hineinzulangen und die Schrauben aus den Halterungen zu drehen.
Ich stieß die Tür ganz auf und stand einen Augenblick triumphierend da. Dann drückte ich sie leise hinter mir zu und schloß alle Schlösser zu. Den Riegel, den ich durchsägt hatte, konnte ich nicht wieder reparieren, aber ich nahm mir die Zeit, die Kettenschrauben wieder einzudrehen.
Dann zog ich aus, das Haus zu erkunden.

Es gibt nichts Schöneres.
Vergessen Sie, was ich zu Ray Kirschmann sagte. Es stimmte, ich wurde älter, es stimmte, daß ich Angst hatte vor der Möglichkeit, von einem Wachhund gebissen, von einem wütenden Hausbesitzer erschossen oder vom Arm des Gesetzes in eine ausbruchssichere Zelle gesteckt zu werden. Wahr, sehr wahr, und weiter? Das alles spielte nicht mehr die geringste Rolle, wenn ich in einer fremden Wohnung, in einem fremden Haus war, alle Güter dieser Erde vor mir aufgebaut wie die Köstlichkeiten auf einem kalten Buffet. Bei Gott, *so* alt war ich noch nicht! *Soviel* Angst hatte ich nicht!
Ich bin darauf nicht stolz. Ich könnte große Reden darüber halten, daß der Verbrecher der wahre Held unserer Zeit ist, aber wozu? Ich glaube selbst nicht daran. Ich bin nicht verrückt auf Kriminelle, und im Gefängnis war es mit das schlimmste, daß ich mit ihnen leben mußte. Ich würde lieber als ehrlicher Mann unter ehrlichen Menschen leben, aber ich habe noch kein ehrliches Gewerbe gefunden, das mir Starthilfe geben könnte. Ich wünschte, es gäbe eine moralische Rechtfertigung für das Klauen. Doch es gibt keine. Ich bin der

geborene Dieb, und es macht mir Spaß.

Ich suchte mir meinen Weg durch eine große Geschirrkammer und eine riesige Küche mit Ziegelboden, durchquerte die Halle und betrat den eleganten Salon. Das Licht, das ich von der Straße aus gesehen hatte, warf einen warmen Schein durch den Raum. Die Lampe selbst war so schön, daß sie einem sofort ins Auge stach – eine bleigefaßte Libellenlampe von Tiffany. Ich hatte einmal eine in einem Antiquitätengeschäft in der Madison Avenue gesehen, mit einem Preisetikett über eintausendfünfhundert Dollar, und das war schon ein paar Jahre her.

Aber ich hatte nicht den weiten Weg bis nach Queens gemacht, um so etwas zu stehlen. Ich war aus einem ganz bestimmten Grund gekommen, und eigentlich hätte ich den Salon gar nicht aufzusuchen brauchen. Es wäre nicht notwendig gewesen, genaue Bestandsaufnahme zu machen, aber alte Gewohnheiten legt man nur schwer ab. Außerdem war sie nicht zu übersehen.

Die brennende Lampe erleichterte mir die Sache, weil ich meine kleine Taschenlampe nicht benutzen mußte. Die Lampe besaß einen Zeitschalter. Am Tag schaltete sie sich automatisch aus, bei Einbruch der Dämmerung begann sie ihre Nachtwache und brannte tapfer bis zum Morgengrauen, womit sie allen Leuten auf der Straße verkündete, daß niemand zu Hause war.

Wie rücksichtsvoll, dachte ich, für den Einbrecher eine Lampe brennen zu lassen.

Die Lampe stand auf einem französischen Schreibsekretär. Vier der sechs Schubladen waren Attrappen, in einer der beiden anderen lag eine Patek Philippe Taschenuhr mit einer auf dem Deckel eingravierten Jagdszene.

Ich schloß die Schublade, ohne die Uhr auch nur zu berühren.

Das Eßzimmer war einen Blick wert. Eine Anrichte war buchstäblich beladen mit Silber, einschließlich zweier Tafelaufsätze aus Sterlingsilber und einer Tonne georgianischer Vorlegebestecke. Dazu ein Haufen Geschirr und Kristall.

Ich ließ alles unberührt.

Die Bibliothek, die ebenfalls im Erdgeschoß lag, war ein Raum, den ich gern selbst besessen hätte. Er war ungefähr vier mal sechs Meter groß. Ein herrlicher Kermanteppich bedeckte fast den ganzen Parkettboden. Eingebaute Bücherregale aus englischer Eiche standen an zwei Wänden, in der Mitte thronte unter einer Blumenlampe von Tiffany ein Billardtisch von Turniergröße. An der entfernteren Wand hingen zwei Arkwright-Vorfahrenporträts in vergoldeten ovalen Rahmen und blickten feierlich und wohlwollend auf mich herab.
Außerdem waren da noch zwei Wandschränke, der eine für die Billardstöcke, der andere für Sportgewehre und Schrotflinten, zwei dickgepolsterte Ledersessel und eine elegante Bar mit auf den Scheiben eingravierten fliegenden Wildvögeln. Es war genug Alkohol da, um einen mittelgroßen Kabinenkreuzer darin schwimmen zu lassen. Karaffen mit Sherry und Portwein und Brandy waren an strategischen Orten im Zimmer verteilt. In einem Pfeifengestell aus Mahagoni standen ein knappes Dutzend Bruyèrepfeifen und zwei Meerschaumpfeifen im Etui. Dazu ein Zedernholzkasten mit Havannazigarren. Ein ganzer Raum voll Messing und Holz und Leder! Am liebsten hätte ich die Tür zugenagelt, mir einen anständigen Armagnac eingegossen und wäre für immer geblieben.
Statt dessen durchforschte ich die Bücherregale. Es herrschte eine ziemliche Unordnung, aber billige Bücher waren es nicht. Es gab viele unaufgeschnittene Lederbände mit Memoiren längst vergessener Größen von Versailles aus der Vorrevolutionszeit und manches andere mehr. Eine Menge Titel kannte ich nur aus den Katalogen der Antiquariate oder Auktionshäuser. Zufällig stieß ich auf eine seltene Erstausgabe von Smollets Roman *Die Abenteuer des Sir Laurence Greaves*. Herrliche Einbände und wichtige Erstausgaben, numerierte Exemplare und Privatdrucke, in die Regale gestellt ohne erkennbare Ordnung, nach keinem besonderen Plan.
Ein Buch nahm ich heraus. Es war in grünes Leinen gebunden und nicht viel größer als ein gewöhnliches Taschenbuch. Ich schlug es auf und las die schwungvolle Widmung auf dem Vorsatzblatt. Ich blätterte ein wenig darin herum, schloß es und stellte es zurück.
Dann verließ ich die Bibliothek so, wie ich sie vorgefunden

hatte.

Das Treppenhaus war dunkel. Ich knipste meine Taschenlampe an und lief dreimal die Treppe hinauf und hinunter. Das Brett einer Stufe knarrte, und ich merkte mir genau, welche es war: die vierte von oben.
Alle anderen machten erfreulicherweise kein Geräusch. Im Schlafzimmer des Ehepaars standen zwei Betten, jedes mit einem eigenen Nachtkästchen. Einbauschränke für ihn und sie. In seinem hingen Anzüge von Brooks Brothers und standen Schuhe aus Ziegenleder. Ein dunkelblauer Anzug mit dezentem Streifen gefiel mir besonders. Er unterschied sich nicht viel von dem, den ich trug. Die Schränke der Hausherrin waren voll Kleider und Pelze, darunter auch einer, bei dessen Anblick Rays Frau das Wasser im Mund zusammengelaufen wäre. Gute Etiketten in allem. In einer Schublade des Ankleidetisches – Neubarock, weiß gefaßt mit Goldverzierung – lag eine Menge Schmuck. Ein modischer Ring stach mir besonders ins Auge, ein schickes kleines Ding mit einem großen Rubin, als *Marquise* geschliffen, mit kleinen, unregelmäßigen Perlen gefaßt.
In der obersten Schublade eines Nachttischchens entdeckte ich etwas Bargeld, ein paar hundert Dollar in Zehnern und Zwanzigern. Im anderen Nachttisch fand ich ein Sparbuch mit achtzehnhundert Dollar, ausgestellt auf den Namen Elfrida Grantham Arkwright.
Ich nahm nichts mit. Weder die Fabergéeier, die auf der Kommode standen, noch die Manschettenknöpfe aus Platin oder die Krawattennadel oder eine Armbanduhr. Ich ließ alles liegen.

In Jesse Arkwrights Arbeitszimmer am Ende des Ganges im ersten Stock stieß ich auf ein ganzes Bündel Bankbücher. Alles in allem waren es sieben, mit einem Gummiband darum, die zusammen mit Briefmarken, Rechnungsbüchern und verschiedenem anderen in der obersten rechten Schublade seines Schreibtischs lagen. Die Summen waren beträchtlich. Meine rasche überschlägige Berechnung ergab, daß es mehr als sechzigtausend Dollar sein mußten.

Ich kann Ihnen sagen, es verschlug mir beinahe die Sprache. Ich kannte mal einen Knaben, der eine Wohnung in Murray Hill ausnahm. Er hatte schon einen Kissenbezug mit Schmuck und Silber vollgestopft, als ihm ein Bankbuch in die Hände fiel mit einer fünfstelligen Endsumme. Kluger Junge, der er war, leerte er den Kissenbezug aus, legte alles wieder an seinen Platz und verließ die Wohnung so, wie er sie vorgefunden hatte. Nichts fehlte, außer dem kostbaren Bankbuch. Auf diese Weise würden die Wohnungsinhaber nicht merken, daß eingebrochen worden war, und das Bankbuch nicht vermissen, und er konnte das Konto abräumen, ehe sie Verdacht schöpften.

Was für ein klug ausgetüftelter Plan! Sofort am nächsten Morgen ging er zur Bank und hob eine kleine Summe ab – er wollte sozusagen nur prüfen, wie kalt das Wasser war –, doch der Bankangestellte, den er erwischte, kannte zufällig den Kontoinhaber persönlich, und ehe es sich der Bursche versah, saß er in Dannemore, wo ich ihn dann kennenlernte.

Soviel zum Thema Bankbücher.

Soviel auch zu zwei Handvoll Krügerrands, jenen großen Goldmünzen, die Südafrika für die Leute prägt, die in dem gelben Metall ihr Geld anlegen wollen. Ich liebe das Gold – wer nicht? –, aber die Münzen lagen in einer Schublade mit einer Pistole, und ich hasse Handfeuerwaffen so, wie ich das Gold liebe. Die Waffen in der Bibliothek waren nur Schaustücke, doch mit dieser hier würde man im Bedarfsfall auf Einbrecher schießen.

Soviel zu den Krügerrands. Soviel auch zu mannshohen Glasschränken voller Glasvögel und Art-Nouveau-Vasen und gläsernen Briefbeschwerern. Ich fand einen Laliqueaschenbecher, der genauso aussah wie der auf dem Couchtisch bei meiner Großmutter, und eine reizende Vase aus Nancy von Daum, unzählige Kristall- und Millefioribriefbeschwerer und –

Es fing an, mir auf die Nerven zu gehen. Ich konnte nirgends hinsehen, ohne zehn Dinge zu entdecken, die ich gern gestohlen hätte. Auf allen ebenen Flächen in diesem Arbeitszimmer standen Bronzefiguren, alle höchst beeindruckend. Außer den üblichen Stieren und Löwen und Pferden fiel mir ein neben einem Fremdenlegionär niederkniendes Kamel besonders

auf. Der Fremdenlegionär trug das berühmte Legionärskäppi und zog ein schmerzliches Gesicht, als hätte er die vielen Witze über die Legionärskrankheit satt.
Zwei Briefmarkenalben. Das eine eine Allerweltssammlung, die nicht besonders wertvoll war, doch das andere war eine Spezialsammlung über die Benelux-Länder, und beim raschen Durchblättern entdeckte ich nicht viele leere Stellen.
Und eine Münzsammlung. Mein Gott, ausgerechnet eine Münzsammlung! Keine Alben, einfach ein Dutzend schwarze Pappschachteln, etwa fünf Zentimeter breit und fünfundzwanzig lang. Jede Schachtel war gestopft voll mit Umschlägen mit jeweils zwei Münzen. Eigentlich hatte ich keine Zeit, sie genauer in Augenschein zu nehmen. Trotzdem konnte ich nicht widerstehen. Ich öffnete eine Schachtel und stellte fest, daß sie mit Barber-Viertel- und -Halbdollarmünzen angefüllt war, alles unbenützte Stücke. In einer anderen Schachtel lagen hervorragende große Centmünzen, katalogisiert nach Sheldon.
Wie konnte ich die liegen lassen?
Ich ließ sie liegen. Ich nahm nichts, kein einziges Stück.

Ich war gerade in einem Gästezimmer im ersten Stock und leuchtete mit meiner Taschenlampe die Wände ab, wobei ich eine sehr hübsche, mit Bleistift signierte Lithographie von Rouault bewunderte, als ein Wagen in die Einfahrt fuhr. Ich warf einen Blick auf die Uhr. Es war elf Uhr dreiundzwanzig. Ich hörte, wie das automatische Garagentor aufschwang, ich hörte, wie der Wagenmotor abgestellt wurde. Als das Garagentor wieder zuschwang, hörte ich nicht mehr länger hin und schlich den Gang entlang bis zur Treppe in den zweiten Stock. Als Jesse Arkwright den Schlüssel in den Schlitz bei der Tür steckte, war ich schon die Treppe hoch und hockte zusammengekauert auf dem Treppenabsatz. Als erstes stellte er den Alarm ab, dann öffnete er die Haustür, und ich sah im Geist, wie er ein halbes Dutzend Schlösser abschloß, nachdem Elfrida und er hereingekommen waren.
Gedämpfte Unterhaltung, die bei mir hier oben kaum zu hören war. Mit meinem gummibehandschuhten Zeigefinger wischte ich mir die Schweißperlen von der Stirn. Natürlich,

ich hatte alles so geplant. Ich hatte sogar vorhin die Treppe zur Dachkammer überprüft, um mich zu überzeugen, daß keine Stufe knarrte.
Trotzdem – mir gefiel die Geschichte nicht. Ein Einbruch ist immer eine äußerst riskante Sache, und im allgemeinen arbeite ich, wenn niemand da ist. Wenn der Wohnungsinhaber nach Hause kommt, während ich noch mitten im Geschäft bin, ist mein erster Impuls, sofort abzuhauen.
Diesmal blieb ich.
Zwei Stock tiefer pfiff kurz der Wasserkessel, dann nahm ihn jemand vom Herd, was ich an dem Zischen erkannte. Einen Augenblick hatte ich es für eine Polizeisirene gehalten. Nur die Nerven, dachte ich und holte tief Luft. Ich flehte den Schutzpatron der Diebe an, mir zu dem nötigen Durchhaltevermögen zu verhelfen.
Vielleicht stimmte es, was ich Kirschmann erzählt hatte. Vielleicht wurde ich doch zu alt. Vielleicht besaß ich nicht die notwendige Kaltblütigkeit. Vielleicht ...
Meine Haltung war sehr unbequem. Mit steifen Gliedern richtete ich mich auf. Das Dach war ausgebaut, den Gang bedeckte ein abgetretener brauner Teppich. Ich ging zur Vorderseite des Hauses, wo eine mit einem Zeitschalter ausgerüstete Messinglampe brannte. Die Vierzigwattlampe hinter dem Fenstervorhang spendete genug Licht. Nach vornhinaus lag ein Zimmer, das wohl für ein Dienstmädchen gedacht gewesen war. Doch jetzt wohnten keine Angestellten mehr im Haus.
An der einen Längswand stand ein Schlafsofa. Ich legte mich darauf, zog eine orientalisch aussehende grün-goldene Decke über mich und schloß die Augen.
Von hier aus war nicht viel zu hören. Einmal glaubte ich, jemand komme die Treppe herauf, dann bildete ich mir ein, daß in der Bibliothek Billardbälle aneinanderschlugen. Vermutlich ein Fall von Tagträumerei, um mir die Wartezeit zu vertreiben. Wenn Leute wie die Arkwrights ins Theater gingen, konnte man ungefähr voraussagen, was hinterher passierte. Rückkehr gegen elf Uhr dreißig, eine Tasse Kaffee oder irgend etwas Süßes, und dann würde Elfrida heraufkommen, mit einem Kreuzworträtselheft, während Jesse am Billardtisch noch ein oder zwei Bälle ins Loch beförderte, einen Whisky

trank, ein paar Seiten in einem seiner ledergebundenen Bücher las und dann seinen schweren Körper die Treppe hinaufbewegte ins gemeinsame Schlafzimmer.
Würde er vorher im Erdgeschoß die Runde machen und überprüfen, ob alle Türen richtig verschlossen waren? Würde er dabei zufällig den Riegel an der Küchentür betrachten und entdecken, daß ihn ein kluger Bursche durchsägt hatte? Würde er genau jetzt, während ich dies dachte, den Hörer abnehmen und die Polizei anrufen?
Ich hätte im Ballett sein und einen Russen bewundern können, der eine Gazelle nachahmte. Ich hätte bei Carolyn sein und ihr Gulasch essen und holländisches Bier trinken können. Oder ich hätte zu Hause in meinem eigenen kleinen Bett liegen können.
Ich blieb, wo ich war, und wartete.

Um ein Uhr dreißig erhob ich mich. Seit einer halben Stunde hatte ich im Haus keinen Laut mehr gehört. Geräuschlos schlich ich zur Treppe. Der Gang lag genau über dem Schlafzimmer, wo meine Gastgeber hoffentlich tief und ruhig schliefen. Ich ging die Treppe hinunter, vorsichtig einen Fuß vor den anderen setzend. Ich lief auf meinen Kreppsohlen den Gang im ersten Stock entlang und schlüpfte die Treppe hinunter ins Erdgeschoß. Es war kein großes Problem, dabei die vierte Stufe von oben zu vermeiden, weil sie quietschte. Natürlich hatte ich es nicht vergessen. Im Gegenteil, in den letzten zwanzig Minuten hatte ich an nichts anderes gedacht. Alle Lampen waren ausgeschaltet worden, bis auf die unbezähmbare Libellenlampe im Wohnzimmer. Es war nicht notwendig, meinen kleinen Leuchtstab einzuschalten, um den Weg in die Bibliothek zu finden. Erst dort machte ich ihn an. Arkwright hatte dem Raum seinen allabendlichen Besuch abgestattet. Auf dem Billardtisch lag ein Stock, zusammen mit ein paar Bällen. Neben einem der großen Sessel stand ein kleiner Kognakschwenker auf einem Tischchen mit einer lederbezogenen Platte. Er war leer, doch als ich kurz daran schnupperte, roch ich, daß vor nicht langer Zeit Kognak daraus getrunken worden war. Dem Bouquet nach zu urteilen, ein äußerst guter Kognak.

Neben dem Kognakschwenker lag ein Buch, in rotes Leder gebunden. Es waren die Stücke von Sheridan, kleine Bettlektüre.
Ich trat an die Regale. Hatte Arkwright bei seiner allabendlichen Inspektion auch den kleinen, in grünes Leinen gebundenen Band betrachtet? Ich konnte es nicht sagen, denn er stand genau dort, wo er bei meinem ersten Besuch gestanden hatte. Doch er gehörte zu seinen Schätzen. Vermutlich hatte er einen Blick darauf geworfen.
Ich nahm ihn heraus und schob ihn in die Jackentasche. Er paßte knapp hinein. Dann verschob ich die danebenstehenden Bücher, damit die Lücke nicht so auffiel.
Leise, wie ich gekommen war, verließ ich den Raum.

Er hatte die Alarmanlage abgestellt und sie, nachdem er mit seiner Frau im Haus war, wieder eingeschaltet. Die ganze Zeit über hatte also die Anlage das Haus gesichert, mit Ausnahme der Küchentür. Durch sie verschwand ich nun nach draußen und schloß hinter mir die drei Schlösser mit dem Dietrich ab. Die Kette konnte ich natürlich nicht wieder vorlegen, und den Riegel, den ich durchsägt hatte, konnte ich selbstverständlich auch nicht reparieren. Kein Mensch ist vollkommen.
Allerdings war ich verdammt nahe daran, denn ich reparierte die Alarmanlage und machte die Küchentür wieder einbruchssicher. Obwohl es mich mit jeder Faser meines Körpers drängte, vom Grundstück der Arkwrights zu verschwinden, solange ich noch die Chance dazu hatte, riskierte ich die notwendigen zusätzlichen paar Minuten, und dann erinnerte nur ein unauffälliges Stückchen Isolierband daran, daß an den Drähten herumgespielt worden war.
Das Verhalten eines Profis? Ich würde es lieber als den absoluten Wunsch nach der Perfektion bezeichnen.

Ich war fast am Ende der Copperwood Crescent, als die Funkstreife um die Ecke bog. Ich schaffte es, ein Lächeln zu produzieren und flüchtig zu nicken, ohne meinen Schritt zu verlangsamen. Sie fuhr fröhlich weiter, und warum auch nicht? Sie hatten nur einen gutangezogenen und selbstsicheren Gentleman gesehen, der wirkte, als gehöre er hierher.

Die Gummihandschuhe mit den herausgeschnittenen Handballen hatten sie nämlich nicht gesehen. Ich hatte sie in die Tasche gesteckt, bevor ich die Arkwrightsche Auffahrt verließ. Der Pontiac stand noch da. Ich schloß kurz und fuhr davon. Nach der passenden Zeit war ich wieder in der 74. Straße West. Wenn man einen vor einem Feuerhydranten geparkten Wagen stiehlt, hat das auch sein Gutes. Man kann ihn meistens wieder auf den Platz zurückstellen, von dem man ihn geholt hat. Genau das tat ich jetzt, während ein scheckiger Boxer gerade am Hydranten sein Bein hob. Ich machte meinen Zündungsdraht los und stieg aus. Ich vergaß auch nicht, den Schließknopf hinunterzudrücken, ehe ich die Wagentür zuwarf.

Der ebenfalls scheckige Hundebesitzer, die Leine in der einen, ein Päckchen Papierservietten in der anderen Hand, belehrte mich, daß ich einen Strafzettel riskierte oder sogar abgeschleppt werden könnte. Mir fiel keine passende Antwort ein, und deshalb schlenderte ich schweigend davon.

»Verrückt«, sagte der Mann zu seinem Hund. »Hier sind alle verrückt, Max.«

Darüber wollte ich mich nicht mit ihm streiten.

Dann war ich wieder in meiner Wohnung, knabberte Käse und Kekse und feierte mit einem Scotch für besondere Gelegenheiten. Ich genoß das Gefühl, das sich nach den viel zu seltenen Fällen einstellt, wo alles wie am Schnürchen gelaufen ist. Die ganze Anspannung, das ganze Unbehagen, die Angst – mit Augenblicken wie diesen waren sie mehr als bezahlt. Vorhin, als ich auf jenem großen Schlafsofa gelegen hatte, hatte ich ständig an die Schätze, die das Arkwright-Haus barg, denken müssen. Das Bargeld, der Schmuck, die Briefmarken, die Münzen, die *objets d'art*. Ich träumte davon, mit einem Möbelwagen auf den Rasen zu fahren und das ganze verdammte Zeug aufzuladen, angefangen von den echten Teppichen auf dem Boden bis zu den Kristalleuchtern an der Decke. Ich war zu dem Urteil gekommen, daß dies die einzige Möglichkeit gewesen wäre, hätte man wählen müssen, wäre man in Schwierigkeiten geraten, weil man nicht gewußt hätte, was man zuerst klauen sollte.

Und was hatte ich von all meiner Mühe?
Ich nahm das kleine Buch in die Hand, wobei ich aufpaßte, daß ich keinen Scotch darauf tropfte, obwohl es bereits einige Flecken aufwies. Es sah wirklich nicht nach sehr viel aus. Auf dem Einband prangten Wasserflecke, ein paar Seiten waren stockfleckig. Das vergangene halbe Jahrhundert war nicht besonders freundlich mit dem kleinen Band umgegangen, und kein seriöser Buchverkäufer würde es höher als »sehr gut« bewerten können.
Ich blätterte darin, las hier einen Vers und dort einen. Des Autors Hand war unverkennbar, sein Können war nicht zu bestreiten, doch mir erschien es alles ziemlich holprig.
Dafür hatte ich Krügerrands, Fabergé und Kristall und Jugendstilvasen unberührt gelassen! Dafür hatte ich den Rubinring mit den kleinen Perlen in sein kleines Samtetui zurückgelegt! Mr. Whelkin konnte stolz auf mich sein.

4

Ich lernte J. Rudyard Whelkin an einem Morgen zwei Wochen vor meinem kleinen Einbruchabenteuer kennen. Es waren noch nicht viele Kunden gekommen, aber es war mir egal. Ich hatte es mir mit einem Taschenbuch hinter der Theke gemütlich gemacht. Ich verkaufe keine Paperbacks, und wenn ich welche mitkaufen muß, gebe ich sie en bloc einem Burschen, Ecke Third und 16. Straße, der damit handelt.
Manchmal lese ich sie vorher. Jetzt las ich einen Kriminalroman von Richard Stark mit seinem Helden Parker. Parker ist Berufsdieb, und jeder Roman läuft so ziemlich nach dem gleichen Muster ab – Parker läßt sich mit ein paar Ganoven ein, organisiert irgend etwas, fährt irgendwohin, zum Beispiel nach Spartanburg in Südkarolina, und kauft Waffen und einen Laster. Er überredet einen Zahnarzt in Yankton Falls, das Geld für den Coup vorzuschießen, dann führen Parker und seine Freunde den Plan aus und irgend etwas geht total daneben. Letztes Mal, als ich im Gefängnis war, waren alle von Parker begeistert.

Ich steckte gerade in der Szene, wo der verzweifelte Parker Handy McKay in seiner Kneipe in Presque Isle, Maine, anruft, als meine kleine Ladenglocke bimmelte. Ich erhielt Besuch. Während mein Kunde auf die Theke zuschritt, ließ ich schnell das Taschenbuch verschwinden. Schließlich haben Antiquare einen gewissen Ruf zu verteidigen. Undenkbar, daß wir Schund lesen.

Der Kunde war ein untersetzter Mann mit gesunder Gesichtsfarbe und erinnerte an eine Bulldogge. Das Haar war dünn und dunkelbraun, er trug einen kohlebraunen Fischgrätanzug aus Tweed mit Lederflecken an den Ellbogen, eine tabakbraune Strickweste, ein hellbraunes Hemd und eine schokoladenbraune Strickkrawatte. Er hatte eine lange, schmale Nase, einen graumelierten großen Schnurrbart und braune, zum Anzug passende scharfe Augen, die ein wenig blutunterlaufen waren.

Er fragte nach Mr. Litzauer, und ich erzählte ihm von dem Besitzerwechsel. »Aha«, sagte er. »Kein Wunder, daß er sich nicht meldete. Ich bin Sammler, müssen Sie wissen, und er rief mich immer an, wenn er etwas Interessantes für mich hatte.«

»Was sammeln Sie?«

»Besonders Dichter der Viktorianischen Epoche, und was mir sonst gefällt. Ich mag vor allem das kunstvolle Versmaß. Thomas Hood. Algernon Charles Swinburne. William Mackworth Praed. Kipling ist natürlich mein Liebling.«

Ich sagte ihm, daß alles, was ich hätte, in den Regalen stehe. Er ging und suchte selbst herum, und ich holte meinen Parker unterm Ladentisch hervor und kehrte zu dem Ort der Handlung zurück. Zwei von Parkers Knechten waren gerade dabei, ihn reinzulegen, als mein Kunde in Braun sich wieder vor mir aufbaute, einen kleinen Leinenband in der Hand. Es war eine Sammlung Gedichte von Austin Dobson und kostete sechs oder sieben Dollar. Er bezahlte bar, und ich wickelte ihm das Buch ein.

»Wenn Ihnen zufällig etwas in die Hände fällt, das mich interessieren könnte«, sagte er, »rufen Sie mich an?«

Er gab mir seine Visitenkarte. Es standen sein Name, die Adresse (in der 30. Straße Ost) und eine Telefonnummer darauf. Was der Typ in Braun von Beruf war, verriet sie nicht.

Ich las die Visitenkarte noch einmal und blickte auf. »Sie sammeln Kipling«, sagte ich.
»Unter anderem, ja.«
»Sind Sie mit ihm verwandt?«
Er lächelte über das ganze Gesicht. »Wegen meines Namens? Liegt auf der Hand, nicht wahr? Nein, er ist kein Verwandter. Rudyard ist kein Familienname, sondern der Name eines Sees.«
»Ach?«
»In England. In Staffordshire. Kiplings Eltern lernten sich bei einem Picknick an dem See kennen. Als dann ihr Sohn geboren wurde, gaben sie ihm den Namen des Sees als zweiten Vornamen. Sein erster Vorname war Joseph, mit dem er nie gerufen wurde. Er hieß von klein an Ruddy.«
»Und Ihr erster Vorname . . .«
». . . ist James, und ich gebrauche ihn auch nicht. James Rudyard Whelkin. Ich war gerade acht, als Kipling starb, und ich erinnere mich noch genau an den Tag. Es war 1936, zwei Tage nach dem Tod Georgs V. Sie können sich sicherlich vorstellen, wie wir zu Hause um ihn trauerten. Denn auch mein Vater bewunderte Kipling über alle Maßen.« Er zog fragend die buschigen Brauen zusammen. »Sind Sie auch an Kipling interessiert, Mr. Rhodenbarr?«
»Als Kind habe ich ihn gelesen.«
»Sie sollten es wieder tun. Er kommt erneut in Mode, wissen Sie, nachdem er viel zu viele Jahre in Vergessenheit geraten war. Aber wenn Sie soviel mit Büchern zu tun haben, werden Sie nicht auch noch lesen wollen, was?«
»Das Lesen macht mir trotzdem Spaß. Vielleicht werde ich es mal wieder mit Kipling versuchen.«
»Sie haben einiges von ihm in Ihren Regalen stehen.« Ein abschätzender Blick aus seinen wachsamen braunen Augen. »Wie wäre es, hätten Sie Lust, heute mittag mit mir zu essen? Vielleicht habe ich Ihnen ein interessantes Angebot zu machen.«
»Mit Vergnügen.«
»Also in meinen Klub. Sie kennen den *Martingale*? Wie wäre es mit halb eins?«

Der *Martingale-Klub* paßte genau zu ihm, zu seinem braunen Anzug und seiner etwas arroganten Art. Wir aßen in einem großen Raum im ersten Stock unter dem gläsernen Blick eines ausgestopften Büffels, den angeblich Theodore Roosevelt geschossen hatte, aus Gründen, die sich nicht erahnen ließen. Das Essen bestand aus einem ledrigen Mixed Grill mit aufgetauten grünen Erbsen und schlaffen Pommes frites. Der Kellner, der uns diese Bescherung brachte, war ein triefäugiger Bursche, der sich bewegte, als habe er gräßliches Fußweh. Er sah beinahe so vergrämt aus wie der Büffelkopf an der Wand.
»Habe ich Ihnen eigentlich erzählt, daß ich auch H. Rider Haggard sammle?« fragte Whelkin beim Kaffee, den der Kellner aus einer riesigen silbernen Kanne eingoß, wie man sie früher im Speisewagen verwendet hatte.
»Ich glaube, ja.«
»Ein interessanter Mann. Bedeutet für Südafrika, was Kipling für Indien bedeutet: er schrieb *Sie* und *König Salomos Schatzkammer*. Aber natürlich kennen Sie seine phantastischen Abenteuerromane.«
»So einiges.«
»Er und Kipling wurden sehr enge Freunde, wissen Sie. Sie erlebten beide, wie ihr literarisches Ansehen immer mehr verblaßte. In den Augen des Publikums wurden sie beide zu Vertretern des in Verruf geratenen Imperialismus.« Er goß uns noch einmal Kaffee nach. »Das schweißte die beiden nur noch mehr zusammen. Haggard verbrachte bald soviel Zeit bei Kipling in Surrey wie bei sich zu Hause. Sie arbeiteten sogar zusammen in Kiplings Arbeitszimmer. Sie saßen sich an einem riesigen Schreibtisch gegenüber, warfen sich ihre Gedanken und Einfälle wie Pingpongbälle zu und schrieben drauflos wie die Wilden.«
»Interessant«, sagte ich.
»Nicht wahr? Kurz nach dem Ende des Ersten Weltkriegs organisierten die beiden die Freiheitsliga, eine antikommunistische Geschichte, die nie richtig vom Boden abhob. Es wurden Spottverse darüber geschrieben. Einige kann ich auswendig. Aber sie zu zitieren erspare ich Ihnen wohl besser.«
Beinahe hätte ich »Danke schön« gesagt. Ich fing an zu

glauben, daß er mich nur herbestellt hatte, um mir von Kipling zu erzählen. Na, wenigstens war der Kaffee gut.

»Nachdem also diese Freiheitsliga zu Bruch ging«, fuhr er fort, »machte Kipling schwierige Zeiten durch. Seine Gesundheit war nicht die beste. Er hatte Gastritis, die er für die ersten Anzeichen von Krebs hielt. Er hatte Anfälle von Depression, was sich sicherlich auch auf seine Denkweise auswirkte.

Für kurze Zeit wurde es bei ihm zur fixen Idee, daß das britische Empire von einer unheiligen Allianz der reichen internationalen Juden und jüdischer Bolschewiken bedroht wurde. Diese beiden ungleichen Kräfte hatten sich zusammengetan, um die Christenheit zu zerstören, indem sie der britischen Krone die Besitzungen in Übersee entrissen. Kipling gehörte nicht zu den Antisemiten aus Überzeugung, er dachte nur kurze Zeit in dieser Richtung, und auf seine Arbeit hat es sich nicht sehr bedeutend ausgewirkt.

Aber er schrieb ein äußerst bizarres Stück über ein antisemitisches Thema. Es war ein erzählendes Gedicht in Balladenform, ungefähr dreitausendzweihundert Zeilen lang, und hieß *Die Befreiung von Fort Bucklow*. Es geht da um ein britisches Regiment, das Indien aus einer von jüdischen Agitatoren angezettelten Revolution erretten soll, und es ist klar, daß der Kampf um Fort Bucklow nicht nur die entscheidende Schlacht in diesem Krieg ist, sondern auch Kiplings Fassung der Schlacht von Armageddon, jenem mythischen Ort, wo die Kräfte von Gut und Böse aufeinandertreffen und das Schicksal der Menschheit entscheiden.

Als Kipling das schrieb, war er meilenweit von seiner Hochform entfernt. Das Ganze ist absurd, die Lösung schwach, und es gibt darin Elemente schrecklich geistloser Selbstparodie. Sie wissen wohl, daß er in seinen Büchern oft bis zu den Grenzen der Selbstparodie ging, doch hier verlor er den Boden unter den Füßen.

Möglicherweise hat er das selbst erkannt. Vielleicht glaubte er auch, daß seine Vision einer hebräischen Konspiration das Verlagswesen einschloß. Jedenfalls bot er *Die Befreiung von Fort Bucklow* seinem Londoner Verleger nicht zum Druck an. Vielleicht wollte er es später noch tun. Um alle Rechte an seinem Werk zu behalten, brachte er es im Selbstverlag

heraus, in einer kleinen Auflage.«
»Aha!«
»Jawohl, Sir. Kipling fand eine Druckerei namens Smithwick & Son in Tunbridge Wells. Mir ist nicht bekannt, ob Smithwick vorher oder nachher je noch etwas anderes druckte. Aber dieses Büchlein druckte er, in einer Auflage von nur einhundertundfünfzig Stück. Es ist nicht besonders gut gemacht, weil Smithwick nicht darauf eingerichtet war, doch er machte seine Sache recht ordentlich, und heute ist der Band eine Rarität.«
»Muß er wohl. Hundertfünfzig Exemplare . . .«
Wieder lächelte Whelkin breit. »So viele Exemplare wurden gedruckt, ja. Wie viele, schätzen Sie, existieren heute noch?«
»Keine Ahnung. *Die Befreiung von Fort Bucklow*? Nie gehört.«
»Das erstaunt mich nicht weiter.«
»Vielleicht fünfzig Exemplare? Fünfundsiebzig? Ich habe keine Vorstellung, wie hoch die Überlebensquote ist.«
Die Kaffeekanne war leer. Whelkin runzelte die Stirn und zog den Glockenstrang, der an der Wand hing. Er sagte nichts mehr, bis der Kellner angehinkt kam und eine frische Kanne Kaffee auf den Tisch stellte.
Dann fuhr er fort: »Kipling schrieb das Gedicht 1923. Er wollte seinen engsten Freunden zu Weihnachten ein Exemplar schenken, aber Smithwick schaffte es nicht bis zu diesem Termin. Da beschloß Kipling, sie bis Weihnachten 1924 aufzuheben, aber im Lauf des Jahres scheint er zur Vernunft gekommen zu sein und gemerkt zu haben, daß sein Gedicht ein Stück judenhetzerischer Schund war und obendrein noch schlecht gereimt.
Wie von jedem Buch hatte Kipling seiner Frau Carrie auch von dieser Ausgabe ein Exemplar mit persönlicher Widmung geschenkt. Er forderte es zurück. Ein weiteres Exemplar hatte er einem Nachbarn namens Lonsdale zum Geburtstag geschenkt. Es gelang ihm, es im Austausch gegen ein paar andere Werke zurückzubekommen. Diese beiden Bändchen, die Originalsatzvorlage, die Fahnen, alles ging im *Bateman* zum Schornstein hinaus.«
»Was ist *Bateman*?«
»So hieß sein Haus. Es existiert ein undatierter Brief an einen

Bekannten in London, der im Spätsommer oder Herbst 1924 geschrieben worden sein muß, in dem Kipling davon spricht, daß er sich wie ein sündiger Jude vorkomme, der Moloch ein Kind durch Feuer geopfert habe. »Aber es war ein Wechselbalg, dieses schlimme Kind, und ich habe es nicht ohne eine gewisse Befriedigung den Flammen übergeben.« Whelkin seufzte und trank einen Schluck Kaffee. »Und das«, fügte er hinzu, »war das Ende von *Die Befreiung von Fort Bucklow*.«
»Wohl nicht ganz.«
»Eben, Mr. Rhodenbarr. Das Exemplar von Rider Haggard gibt es immer noch. Natürlich hatte Kipling seinem besten Freund ein Exemplar gegeben. Hätte er das vergessen? Ich bezweifle es.
Wissen Sie, Haggard war damals in schlechter gesundheitlicher Verfassung. Kipling hatte ihm das Buch gewidmet und eine ganz persönliche Widmung in sein Exemplar geschrieben, die mehr als hundert Worte umfaßte und Haggard als verwandten Geist pries. Ich glaube, die Universität von Texas besitzt einen Brief von Rider Haggard, in welchem er sich für das Geschenk bedankt und das Gedicht lobt. Nach alldem war es wohl verständlich, daß Kipling zögerte, das Exemplar zurückzuverlangen. Wie dem auch sei, es befand sich in Haggards Nachlaß, als dieser im Jahr darauf starb.«
»Und was passierte weiter?«
»Es wurde zusammen mit Haggards anderen Büchern verkauft, und niemand kümmerte sich weiter darum. Man wußte ja nicht, daß noch ein Exemplar existierte. Zweifellos wurde es zusammen mit anderen Kipling-Ausgaben verkauft, sicherlich nicht für viel Geld. Kurz nach Kiplings Tod kam es wieder ans Licht der Öffentlichkeit. Nicht das Buch selbst, sondern es wurde wieder darüber geredet, daß Kipling ein antisemitisches Gedicht geschrieben hatte. Die britische Union der Faschisten wollte es neu auflegen. Angeblich stellte Unity Mitford Nachforschungen über das Haggard-Exemplar an. Dann brach der Krieg zwischen England und Deutschland aus.
Bis nach dem Krieg hörte man nichts mehr über die Sache. Dann tauchte das Exemplar bei einem Baron auf, der es privat verkaufte. Angeblich wanderte es noch durch mehrere Hände,

ehe es auf einer Auktion bei Trebizond & Partner auftauchen sollte, die Besitztümer des zwölften Lord Ponsonby versteigerte.«

»Wieso ›auftauchen sollte‹?«

Whelkin nickte kurz. »Es stand im Katalog und wurde zurückgezogen. Vor sechs Wochen flog ich mit Freddie Lakers Billigflügen nach London, nur um für das Buch zu bieten. Ich rechnete damit, daß es zu einem scharfen Wettstreit kommen würde. Es gibt ein paar fanatische Kipling-Sammler, wissen Sie, und Kipling kommt allmählich wieder in Mode. Die Universität von Texas hat einen gutbestückten Bibliotheksfond, und ihre Kipling-Sammlung ist beachtlich. Ich nahm an, daß auch Käufer anderer öffentlicher Institutionen auftreten würden.«

»Und Sie wollten alle überbieten?«

»Ich hoffte es. Natürlich hatte ich keine Ahnung, wie weit ich gehen würde, und wußte auch nicht, bis zu welcher Höhe geboten werden würde. Nach meiner Ankunft in London hörte ich, daß ein Saudi an diesem gewissen Exemplar besonders interessiert war. Und Gerüchte wollten wissen, daß irgendein indischer Prinz oder Maharadscha für Kipling Spitzenpreise zahlte. Hätte ich diese Leute überbieten können? Ich weiß es nicht. *Die Befreiung von Fort Bucklow* ist interessant und ein Unikat, doch es war nicht viel über das Gedicht veröffentlicht worden, es war nicht eigentlich von Bedeutung und vom literarischen Standpunkt aus betrachtet von minderer Qualität.« Er runzelte die Stirn, seine buschigen Brauen erzitterten. »Trotzdem hätte es mir Spaß gemacht, bei einer Auktion mitzuhalten.«

»Aber das Angebot wurde zurückgezogen.«

»Von den Erben. Vor der Versteigerung. Der Vertreter von Trebizond entschuldigte sich gebührend und war selbst ziemlich empört darüber. Laut Abkommen mit den Erben waren private Vereinbarungen über die zu versteigernden Gegenstände nämlich ausgeschlossen worden. Aber was hätte er schon groß unternehmen können. Der Käufer hatte das Buch, die Erben hatten das Geld, und damit Schluß.«

»Warum dieser private Verkauf?«

»Wegen der Steuern, Mr. Rhodenbarr. Wegen der Steuern.

Erbschaftssteuer, Einkommenssteuer – die Steuergesetze machen uns alle zu Schwindlern, nicht wahr? Welche Stimme auf Erden ist mächtiger als die des Schwarzgeldes? Die Erben werden schwören, daß man das Buch aus Pietät nicht verkaufen wollte oder daß es durch einen plötzlichen Wassereinbruch zerstört wurde und so weiter. Kein Mensch wird ihnen glauben, doch was spielt das für eine Rolle?«

»Und wer kaufte nun das Buch?«

»Die guten Leute von Trebizond wußten das natürlich nicht. Und die Erben schwiegen. Offiziell hieß es, das Buch sei nicht verkauft worden.« Er stützte die Ellbogen auf den Tisch und legte die Hände gegeneinander. »Ich habe ein paar Nachforschungen angestellt. *Die Befreiung von Fort Bucklow* wurde an Jesse Arkwright verkauft, einen Kunstliebhaber, der immer wieder auf dem internationalen Markt erscheint.«

»Und ein Sammler, vermute ich.«

»Ein Käufer, Sir. Kein Sammler. Ein ungebildeter, häßlicher Mensch, der sich mit schönen Dingen umgibt, um seine eigene Schäbigkeit zu verdecken. Er hat eine Bibliothek, Mr. Rhodenbarr, weil das zu dem Bild paßt, das er anderen Leuten vorgaukeln will. Er besitzt eine Menge Bücher, manche davon sehr bemerkenswert, denn wenn man keine Bücher hat, hat man auch keine Bibliothek. Aber man könnte ihn kaum als Sammler bezeichnen, und bestimmt nicht als Sammler von Kipling-Ausgaben.«

»Warum . . .«

»Warum wollte er dieses Buch dann haben? Weil *ich* es haben wollte, Mr. Rhodenbarr. Ganz einfach.«

»Aha!«

»Erinnern Sie sich noch an die *Drehende Jenny*?«

»War das nicht so ein verrückter Tanz?«

Er sah mich komisch an. »Es ist eine Maschine«, erklärte er. »Die erste Spinnmaschine. Sir Richard Arkwright ließ sie sich 1769 patentieren, und das war der Beginn der modernen britischen Textilindustrie.«

»Ach ja, richtig«, sagte ich. »Die industrielle Revolution und so weiter.«

»Und so weiter«, bestätigte er. »Jesse Arkwright behauptet, daß er ein Nachkomme von Sir Richard ist. Er kann mich da

ebensowenig überzeugen wie alle andern Leute.«
»Und er kaufte das Buch nur, damit Sie es nicht bekämen?«
»Ich habe einmal etwas erworben, das er haben wollte. Anscheinend war das seine Art, es mir heimzuzahlen.«
»Und er verkauft nicht.«
»Natürlich nicht.«
»Und es existiert kein weiteres Exemplar.«
»In den letzten fünfzig Jahren ist jedenfalls keines aufgetaucht.«
»Und Sie wollen es immer noch haben.«
»Mehr denn je.«
»Was für ein Glück, daß Sie heute früh ausgerechnet ins *Barnegat Books* kommen!«
Er sah mich nur ausdruckslos an.
»Sie nannten meinen Namen, ehe ich noch Gelegenheit hatte, mich vorzustellen. Sie kamen in meinen Laden, weil Sie *mich* sprechen wollten, nicht Mr. Litzauer. Und nicht etwa, weil ich Bücher kaufe und verkaufe, sondern weil ich ein Dieb gewesen bin. Sie dachten, ich sei immer noch einer.«
»Ich . . .«
»Sie glauben nicht, daß der Mensch sich ändert. Sie sind so schlecht wie die Polizei: ›Einmal ein Dieb, immer ein Dieb‹ – so denken Sie doch, nicht wahr?«
»Ich habe mich getäuscht«, antwortete er und senkte den Blick.
»Nein«, erwiderte ich. »Sie haben recht.«

5

Ich weiß nicht mehr, wann ich zu Bett ging, aber wunderbarerweise stand ich so früh auf, daß ich den Laden um zehn Uhr dreißig öffnen konnte. Um Viertel vor elf rief ich die Nummer auf J. Rudyard Whelkins Geschäftskarte an. Ich ließ es eine volle Minute lang klingeln, dann rief ich die Auskunft an und ließ mir die Nummer des *Martingale-Club* geben. Solche Auskünfte kosten was, und ich hätte mir auch die Minute Zeit nehmen und sie im Telefonbuch nachschlagen können, aber ich hatte in der vergangenen Nacht ein Vermögen verdient

und war in Spendierlaune.
Der Angestellte des *Martingale-Club* erklärte, er glaube nicht, daß Mr. Whelkin im Club sei, er werde ihn trotzdem ausrufen lassen. Die Minuten verstrichen. Dann berichtete der Angestellte bedauernd, daß sich Mr. Whelkin nicht gemeldet habe. Ob ich eine Nachricht hinterlassen wolle? Ich entschied mich dagegen.
Ein paar Leute, die nur schmökern wollten, kamen in den Laden. Einer von ihnen sah verdächtig aus, und ich behielt ein wachsames Auge auf ihn, während er sich durch die Abteilung Biographie und Belletristik arbeitete. Zu meiner Überraschung kaufte er schließlich für ein paar Dollar einen Band mit Macauleys historischen Essays.
Kurz nach zwölf Uhr erschien Carolyn und stellte eine Papiertüte auf den Ladentisch: »Felafel-Sandwiches aus Pitabrot«, verkündete sie. »Ich hatte Lust auf was Besonderes. Magst du Felafel?«
»Klar.«
»Hm. Gestern abend hast du ein herrliches Essen versäumt. Ich habe das halbe Gulasch aufgegessen und den Rest eingefroren. Dann ging ich früh schlafen. Heute fühle ich mich großartig.«
»So siehst du auch aus.«
»Dagegen siehst du entsetzlich aus. Hat ein alkoholfreier Abend eine solche Wirkung?«
»Offensichtlich.«
»Vielleicht hast du zuviel Schlaf abbekommen! So was gibt es.«
Das Telefon klingelte. Ich ging in das kleine Büro und nahm dort ab, weil ich hoffte, daß es Whelkin sei. Statt dessen fragte eine etwas atemlose Frauenstimme, ob das neue Buch von Rosemary Rogers schon eingetroffen sei. Ich informierte sie, daß ich nur mit gebrauchten Büchern handelte, und schlug ihr vor, bei Brentano anzurufen. Sie fragte nach der Nummer, und ich langte bereits nach dem Telefonbuch, um sie herauszusuchen, als ich zur Vernunft kam und auflegte.
Ich kehrte zu meinem Felafel zurück. »Stimmt was nicht?« fragte Carolyn.
»Wieso?«

»Als das Telefon läutete, bist du richtig zusammengezuckt. Schmeckt der Kaffee?«
»Ja.«
»Und der Felafel?«
»Köstlich.«
Montags und mittwochs kaufe ich etwas zum Mittagessen, und wir essen in der *Pudelfabrik*. Am Dienstag und am Donnerstag bringt Carolyn etwas zu essen in den Laden mit. Freitags gehen wir irgendwohin und werfen eine Münze, wer bezahlen muß. Falls sich eine geschäftliche Besprechung ergibt, wie bei mir mit Whelkin, kann dieser Essensplan natürlich in letzter Minute rückgängig gemacht werden.
»Der Morgen war nicht vergeudet«, sagte ich und schluckte einen Bissen Felafel hinunter.
»Das habe ich auch nicht behauptet.«
»Ich habe ein wenig nachgeforscht. Wegen der Schutzpatrone.«
»O ja? Wer ist also mein Heiliger?«
»Ich glaube, du hast gar keinen.«
»Zum Teufel, warum nicht?«
»Keine Ahnung. Ich habe in einer Menge Bücher nachgeschlagen und überall andere Aufzählungen gefunden. Vielleicht gibt es gar keine vollständige Liste.« Ich suchte herum und holte den Notizblock hervor, auf dem ich mir ein paar Notizen gemacht hatte. »Von dem heiligen Johannes von Gott erzählte ich dir schon.«
»Ja, aber ich habe es vergessen.«
»Der Schutzpatron der Buchhändler. Geboren in Portugal, 1495. Er war Schafhirte, dann wurde er ein Trinker und Spieler.«
»Wie schön für ihn. Er verlegte sich auf Sodawasser und wurde ein Heiliger.«
»Davon steht nichts in den Büchern. Mit vierzig hatte er eine Krise und zog nach Granada. 1538 eröffnete er ein Geschäft . . .«
»Um Bücher zu verkaufen?«
»Nehme ich an. Aber gab es damals schon so was? Sie hatten ja kaum die Drucklettern erfunden. Jedenfalls gründete er zwei Jahre später den Hospitalorden, starb zehn Jahre darauf, und

sein Bild hängt über meinem Schreibtisch, falls du es dir ansehen möchtest.«
»Nicht unbedingt. Das ist alles?«
»Ganz und gar nicht.« Ich warf einen Blick in meine Notizen. »Du fragtest mich, ob die Diebe einen Heiligen haben. Das wäre Disma, der gute Dieb.«
»Den Namen habe ich schon mal gehört.«
»Er ist auch einer der Schutzpatrone der Gefangenen, zusammen mit dem heiligen Joseph. Diebe und Gefangene ist manchmal ein und dasselbe, wenn auch nicht so oft, wie du vielleicht denkst.«
»Und Gefangene brauchen noch einen Extraheiligen, weil sie noch mehr Schwierigkeiten haben.«
»Eine vernünftige Erklärung. Alles in allem ist ein Einbrecher auch ein Dieb, aber es scheint keinen Sonderheiligen der Einbrecher zu geben. Allerdings bleibt uns immer noch der heilige Dunstan.«
»Wer ist das?«
»Der Schutzpatron der Schlosser. Einbrecher und Schlosser machen im wesentlichen die gleiche Arbeit, warum sollten sie sich nicht beide in Zeiten der Not an Dunstan wenden können? Wenn die Lage aussichtslos ist, kann ein Einbrecher immer noch den heiligen Judas Thaddäus oder den heiligen Gregorius Thaumaturgos anrufen.«
»Warum sollte er?«
»Weil beide Burschen die Schutzheiligen der Menschen in verzweifelter Lage sind. Es gab Zeiten in meinen Tagen als Einbrecher, da hätte ich ihre Hilfe gut brauchen können. Übrigens wußte ich nicht, daß der heilige Antonius von Padua auch der Schutzheilige für das Wiederfinden verlorener Sachen ist.«
»Wenn du also nicht finden kannst, was du suchst . . .«
»Genau. Du lachst. Dafür sollte ich dem heiligen Vitus danken.«
»Dem Schutzheiligen aller Tänzer?«
»Aller Schauspieler. Tänzer haben jemand anders, aber frage mich nicht, wen.«
»Und was ist mit den Hundepflegern?«
»Da muß ich noch mehr Quellen zu Rate ziehen.«

»Und den Lesbierinnen?«
»Hm, da habe ich eine schwache Erinnerung, aber der Name fällt mir nicht ein, und ich glaube auch nicht, daß er ein Heiliger war.«
»Die Lesbierinnen haben einen Schutzheiligen, keine Schutzheilige?«
»Ich glaube, er war gar nicht heilig.«
»Spann mich nicht auf die Folter! Wer ist es?«
»Der kleine holländische Junge.«
»Was für ein kleiner holländischer Junge?«
»Du weißt schon. Der, der seinen Finger . . .«
»Klugscheißer mag niemand, Bernie. Nicht mal der heilige Vitus.«
Der Nachmittag verging wie im Flug, ohne daß mich das Thema Schutzheilige noch einmal beschäftigte. Ich schloß eine Reihe kleiner Geschäfte ab und verkaufte einem Burschen, der schon seit Wochen darum herumgestrichen war, einen hübschen Packen Trollope. Er schrieb einen Scheck über sechzig Dollar aus und wankte mit den Büchern im Arm davon.
In jeder freien Minute rief ich Whelkins Nummer an, ohne ihn zu erreichen. Ich ließ ihn erneut im *Martingale-Club* ausrufen, und als er sich nicht meldete, bat ich, ihm eine Nachricht zu bestellen: Er möge Mr. Haggard anrufen. Ich fand das besonders einfallsreich.
Gegen vier Uhr klingelte das Telefon. Ich meldete mich mit »Barnegat Books«. Einen Augenblick lang herrschte Schweigen. Dann fragte ich, obwohl es ziemlich riskant war: »Mr. Haggard?«
»Sir?«
Natürlich war es Whelkin. Er hatte meine Nachricht nicht erhalten, weil er den ganzen Tag außer Haus und auch nicht im Club gewesen war. Er klang etwas angestrengt und machte nach jedem Satz eine lange Pause. Vermutlich einen Extramartini zum Mittagessen.
»Könnten Sie heute abend vorbeikommen, Mr. Rhodenbarr?«
»Im Club?«
»Nein, das ist nicht ratsam. Ich gebe Ihnen meine Adresse.«
»Die habe ich bereits.«
»Wieso?«

»Sie stand auf der Visitenkarte«, erinnerte ich ihn und las ihm die Adresse vor.
»Dort bin ich heute abend aber nicht«, erklärte er knapp. Er klang, als habe ihm jemand die Zunge mit der Fahrradpumpe aufgepumpt. Er nannte mir eine Adresse in der 66. Straße Ost zwischen First und Second Avenue. »Apartment 3-D«, fügte er hinzu. »Klingeln Sie zweimal.«
»Wann?«
Er überlegte. »Um halb sieben.«
»Gut.«
»Sie bringen den – hm – Gegenstand mit?«
»Wenn Sie das – hm – Geld bereithaben?«
»Ich werde mich um alles kümmern.«
Komisch, überlegte ich, während ich einhängte. Ich hatte heute nacht nur vier Stunden Schlaf gehabt, aber er war derjenige, der erschöpft klang.

Ich weiß nicht mehr genau, wann der Sikh auf meiner Schwelle stand. Plötzlich war er da, schnüffelte in den Regalen, ein großer schlanker Kerl mit wallendem schwarzen Bart und einem Turban. Er fiel mir auf, natürlich, denn so einer fällt überall auf, aber ich starrte ihn nicht mit offenem Mund an. New York ist schließlich New York, und ein Sikh ist noch kein Marsmensch.
Kurz vor fünf Uhr wurde der Laden leer. Ich hielt mir den Handrücken vor den Mund, gähnte dezent und überlegte, ob ich früher schließen sollte. Da tauchte der Sikh aus der Welt der Bücher auf und stellte sich vor den Ladentisch. Ich hatte seine Spur verloren und gedacht, er sei längst gegangen.
»Dieses Buch, bitte«, sagte er und hielt es mir hin, damit ich es mir genauer ansah. In seiner riesigen Pranke wirkte es winzig. Es war eine billige Ausgabe des *Dschungelbuchs* von unserem lieben Jungen Rudyard K.
»Ach, ja«, sagte ich. »Mogli, der bei den Wölfen aufwuchs.«
Er war noch größer, als ich beim ersten Eindruck geschätzt hatte. Er trug einen grauen Anzug, ein weißes Hemd und eine braune Krawatte ohne Muster. Der Turban war weiß.
»Kennen Sie den Autor?«
»Sie meinen Kipling? Er lebt nicht mehr. Er starb 1936.« Und

vielen Dank, J. R. Whelkin, für deine Literaturstunde.
Der Mann lächelte. Seine Zähne waren sehr groß, sehr regelmäßig und weißer als sein Hemd. Seine großen traurigen Augen waren von dem Braun eines altmodischen Nerzmantels, wie ihn Ray Kirschmanns Frau nicht zu Weihnachten geschenkt bekommen wollte.
»Kennen Sie seine Bücher?« fragte er.
»Ja.«
»Sie haben noch mehr? Außer denen in Ihrem Regal?«
Eine Alarmglocke klingelte irgendwo in meinem guten alten Gehirn. »Was ich anzubieten habe, steht in den Regalen«, erwiderte ich vorsichtig.
»Ein anderes Buch. Ein privates.«
»Ich fürchte, so etwas habe ich nicht.«
Sein Lächeln erlosch. Jetzt war sein Mund nur noch ein böser Strich, dessen Enden sich im dicken schwarzen Bart verliefen. Der Sikh steckte eine Hand in seine Jackentasche, und als sie wieder zum Vorschein kam, hielt er damit eine Pistole. Er stand so, daß sein Körper den Blick auf die Waffe von draußen verdeckte, und hielt sie so, daß sie genau auf meine Brust zielte.
Es war eine sehr kleine Pistole, eine vernickelte Automatik. In dieser Größe verkaufte man seit neuestem auch Partyspäße, aber irgendwie wußte ich, daß dies kein verkappter Zigarettenanzünder war.
Die kleine Waffe in der riesigen Hand hätte lächerlich wirken müssen, aber ich verrate Ihnen etwas: wenn eine Waffe auf mich gerichtet ist, dann sieht sie nie lächerlich aus.
»Bitte«, sagte er geduldig. »Seien Sie vernünftig. Sie wissen genau, was ich haben möchte.«

6

Mit der freien Hand riß er mir das Buch weg, als ich es auf die Theke legen wollte. Jetzt lächelte er wieder, breiter denn je. Er versuchte, das Buch in seiner Jackentasche unterzubringen, aber es paßte nicht hinein. Er legte es wieder auf die Theke

und holte aus einer Innentasche einen Umschlag. Er richtete dabei immer noch die Pistole auf mich, und ich wünschte, er hätte es nicht getan.
»Für Ihre Bemühungen«, sagte er und klatschte mit dem Umschlag auf die Theke. »Weil Sie so vernünftig sind.«
Das Buch stach mir noch immer ins Auge. »Dieser Band«, sagte ich und tätschelte die Luft über ihm, »dieser Band . . . Sie sind fremd in meinem Land, und ich kann es nicht zulassen, daß Sie . . .«
Er packte das Buch und ging rückwärts zum Ausgang, mit wütend blitzenden Zähnen. Als er die Tür erreichte, steckte er die Pistole ein, stürzte hinaus und eilte die 11. Straße entlang. Verschwunden, doch nicht vergessen.
Ein paar Augenblicke starrte ich hinter ihm her. Dann seufzte ich, glaube ich, und schließlich ergriff ich den Umschlag und wog ihn in meiner Hand, als wollte ich abschätzen, wie viele Briefmarken ich aufkleben mußte. Es war ein ganz gewöhnlicher Umschlag, wie ihn Ärzte zum Verschicken der Rechnungen verwenden, nur gab es hier keinen Absender in der oberen linken Ecke. Ein einfacher leerer Umschlag.
Rudyard Whelkin hatte mir fünfzehntausend Dollar für das gewünschte Buch versprochen. Irgendwie war ich nicht überzeugt, daß dieser kleine Umschlag soviel Geld enthielt. Ich riß ihn auf. Fünfzigdollarscheine, alte, mit verschiedenen Seriennummern. Zehn Scheine. Fünfhundert Dollar. Was für ein miserables Geschäft!

Ich holte den Ramschtisch von der Straße herein. Irgendwie war mir die Lust vergangen, Überstunden zu machen, um ein paar alte Bücher, drei für einen Dollar, zu verhökern. Ich hängte das Schild GESCHLOSSEN ins Fenster, nahm etwas Bargeld aus der Kasse und steckte es in die Brieftasche. Dann faltete ich die zehn Fünfziger und schob sie in die Hüfttasche. Für den Scheck über die Trollope-Bücher schrieb ich einen Depotzettel aus. Schließlich und endlich holte ich ein in braunes Papier gewickeltes Buch aus einer Schublade meines Büroschreibtisches, verließ den Laden und zog wie gewohnt das Gitter herunter. Ich schloß ab, ebenfalls wie gewohnt.
Ein paar Minuten ging ich einfach geradeaus, erst auf dem

Broadway nach Norden, dann östlich die 13. Straße entlang, dann die Third Avenue hinauf. Ecke 14. und Third stand ein Schwarm Menschen herum, der den unterschiedlichsten legalen und illegalen Freuden frönte. Stadtstreicher kratzten sich, Säufer ließen Flaschen kreisen, ein Methadonsüchtger schlug nachdenklich mit dem Handballen immer wieder gegen eine Ziegelmauer. Ich zog den Krawattenknoten gerade – ich hatte vor dem Weggehen eine umgebunden – und schritt munter aus, ohne der Versuchung nachzugeben, prüfend auf meine Hüfttasche zu klopfen.

Fünfhundert Dollar!

Es ist ein großer Unterschied zwischen fünfhundert und fünfzehntausend, und während letztere Summe ein sehr anständiger Ausgleich für die Arbeit einer Nacht ist, ist erstere ein geringer Trost dafür, sein Leben riskiert zu haben, ganz zu schweigen von seiner Freiheit. Und deshalb waren fünfhundert Dollar als Bezahlung für *Die Befreiung von Fort Bucklow* so gut wie gar keine.

Andrerseits waren fünfhundert Dollar ein fürstlicher Preis für die Neuauflage von *Drei Soldaten*, die mein bärtiger Freund mit dem Turban mir mit gezogener Pistole entwendet hatte. Ich bezweifle etwas, daß es das war, was er haben wollte, aber man bekommt nicht immer, was man sich wünscht, nicht wahr?

Ich hatte das Buch ordnungsgemäß mit ein Dollar fünfundneunzig ausgezeichnet. Und das Haggard-Exemplar von *Die Befreiung von Fort Bucklow* trug ich, ordentlich in braunes Papier gewickelt, unter dem Arm. Wie Rudyard Whelkin sich freuen würde, es zu sehen!

Komisch, wie das Leben manchmal so spielt.

7

Natürlich war ich zu früh dran. Ich war erst um halb sieben mit Whelkin verabredet und hatte den Laden schon ein paar Minuten nach fünf geschlossen, weil ich nicht dasein wollte, wenn der Sikh seinen Irrtum entdeckte. Ich hatte zwar ein

Schild an der Wand, daß Umtausch ausgeschlossen war, aber ich hatte das Gefühl, daß er dachte, ich würde in seinem Fall eine Ausnahme machen. So ließ ich mir Zeit und war immer noch zwanzig Minuten zu früh dran, als ich die 66. Straße, Ecke Second Avenue erreichte. Eine Bar winkte einladend, und ich nahm die Einladung an.

Ich trinke nicht, wenn ich arbeite. Aber eigentlich war es im Augenblick keine Arbeit, und außerdem hatte ich das Bedürfnis, mich zu entspannen. Man sieht nicht jeden Tag in die Mündung einer Waffe, die ein Sikh auf einen richtet. Ich bestellte mir einen trockenen Rob Roy in einem geeisten Stielglas, und während ich daran nippte, zog ich Bilanz.

Punkt eins: Nur J. Rudyard Whelkin wußte, daß ich jenes Buch aus dem Haus der Arkwrights in Forest Hills Gardens stehlen wollte.

Punkt zwei: Erst um vier Uhr wußte Whelkin, daß ich das Buch hatte. Er hatte zwar gewußt, daß ich hinfahren würde, aber schließlich konnte bei so einem Unternehmen allerhand passieren. Erst als er mich im Buchladen anrief, konnte er sicher sein, daß mein Unternehmen Früchte getragen hatte. Aller Wahrscheinlichkeit nach ahnte Arkwright noch nicht einmal, daß das Buch fehlte.

Punkt drei: Das Auftauchen des Sikh war kein seltsamer Zufall gewesen, wie er das Leben so aufregend machen kann. Kein Gedanke! Der Sikh war auf meiner Türschwelle aufgetaucht, weil er wußte, daß ich Arkwrights Ausgabe von *Die Übergabe von Fort Bucklow* gestohlen hatte.

Das war Schwerarbeit, dieses Nachdenken. Ich warf einen Blick auf meine Armbanduhr und trank einen Schluck von meinem Rob Roy.

Der Sikh hatte keine übernatürlichen Kräfte. Er wußte Bescheid, weil er die Information irgendwie erhalten hatte, vermutlich über Whelkin.

Hypothese: J. Rudyard Whelkin hatte keine Lust, sich von den fünfzehntausend zu trennen. Sobald er sicher war, daß das Buch sich in meinem Besitz befand, schickte er einfach seinen getreuen Diener los, um es bei mir zu holen, wobei er ihm befahl, mir die zehn Fünfziger zuzustecken, um meine gesträubten Federn zu glätten.

Bei dem Gedanken daran ballte ich die Hände. Ich trank noch einen Schluck Rob Roy und überlegte weiter.
Meine Vermutung paßte nicht. Wenn Whelkin mich übers Ohr hauen wollte, warum hatte er dann jemand zum Laden geschickt? Schließlich hatte er sich mit mir schon in der 66. Straße Ost verabredet, wo er mir ganz bequem das Buch hätte abnehmen können.
Noch eine Hypothese: Der Sikh war der treue Diener eines anderen. Hatte Whelkin nicht erwähnt, daß bei der Londoner Auktion mehrere interessierte Parteien geboten hatten? War vielleicht einer von diesen dem Buch bis New York gefolgt, mit der Absicht, es Arkwright abzuluchsen, und hatte feststellen müssen, daß es ihm von einem gewissen B. G. Rhodenbarr vor der Nase weggeschnappt worden war?
Diese Überlegung ergab mehr Sinn, trotzdem blieben ein paar Punkte ungeklärt. Ich überlegte, was passieren würde, wenn sich der Auftraggeber des Sikh die *Drei Soldaten* genauer ansah. Je eher ich Whelkin das Buch gab und meine fünfzehntausend Dollar kassierte, um so besser würde ich mit ihm fertigwerden. Die beste Art, mit ihm fertigzuwerden, war meiner Überzeugung nach, sofort einen kurzen Urlaub anzutreten, irgendwohin, und ein bißchen von dem Geld auszugeben, während er Zeit hatte, sich zu beruhigen und die Stadt zu verlassen, oder am besten beides.
Ich stand auf. Und setzte mich wieder.
Hatte ich von Whelkin etwas zu befürchten? Ich war ziemlich überzeugt, daß er mir den Sikh nicht auf den Hals geschickt hatte, aber angenommen, ich täuschte mich? Oder angenommen, er hatte den Sikh nicht geschickt und hatte keine Ahnung von der ganzen Geschichte, und angenommen, er hatte seine eigene Vorstellung, wie er mich um meine Belohnung bringen konnte? Hatte ich mich etwa von seiner weltmännischen Art und der Tatsache, daß er im *Martingale-Club* Mitglied war, einwickeln lassen? Die Reichen trennen sich genauso ungern von einem Bündel Geldscheine wie alle andern. Und da saß ich nun und apportierte ihm das Buch wie ein gehorsamer Hund, der seinem Herrchen die Abendzeitung in der Schnauze abliefert. Mein Gott, ich wußte nicht einmal, ob dieser Whelkin überhaupt fünfzehntausend Dollar

besaß, ganz zu schweigen von der Frage, ob er willens war, sie mir zu geben.
Ich ging auf die Herrentoilette. Als ich wieder erschien, waren meine Hände leer. Das Buch steckte hinten unter meinem Gürtel, zwischen Hose und Hemd, verdeckt von meiner Jacke.
Ich trank mein Glas aus. Ich hätte gern noch einen Rob Roy gehabt, aber das konnte warten, bis meine geschäftliche Transaktion erfolgreich durchgeführt war. Alles schön der Reihe nach.

Das Gebäude in der 66. Straße war ein eleganter Klinkerbau mit Grünpflanzen in der Halle. Rechts und links standen höhere Häuser, aber er konnte es mit ihnen aufnehmen. Ich ging ein paar Stufen hinauf und musterte das Klingelbrett im Vestibül: M. Porlock, 3-D.
Ich klingelte zweimal. Nichts rührte sich, und ich sah wieder auf die Uhr. Genau neunundzwanzig Minuten nach sechs. Meine Uhr ging ganz genau. Gerade als ich meinen Zeigefinger wieder auf den Knopf legen wollte, ertönte der Summer und ich stieß die Tür auf.
Im Parterre lagen zwei Wohnungen, in den anderen drei Stockwerken darüber jeweils vier. Der Keller hatte seinen eigenen Eingang. Ich lief die teppichbelegte Treppe mit ziemlich gemischten Gefühlen hinauf. Die D-Wohnungen lagen nach hinten hinaus. Die Tür zu 3-D stand etwas offen. Ich klopfte laut, und fast sofort öffnete eine Frau mit geraden Schultern, einem karierten Rock und einem dunkelblauen Blazer mit Messingknöpfen. Ihr dunkelbraunes Haar war sehr kurz und unregelmäßig geschnitten, als sei ihr Friseur entweder ein betrunkener Freund oder ein sehr modebewußter Schöngeist.
»Mr. Rhodenbarr?« fragte sie. »Bitte, treten Sie ein.«
»Ich sollte hier Mr. . . .«
»Ruddy Whelkin treffen, ja, ich weiß. Er muß jeden Augenblick hiersein. Er rief vor etwa zehn Minuten an, daß er aufgehalten worden sei.« Sie lächelte plötzlich. »Ich soll Ihnen inzwischen Gesellschaft leisten. Ich heiße Madeleine Porlock.«
Ich schüttelte ihre ausgestreckte Hand. »Bernie Rhodenbarr«, sagte ich. »Aber das wissen Sie bereits.«

»Ihr Ruf ist Ihnen vorausgeeilt. Kommen Sie herein und nehmen Sie Platz! Darf ich Ihnen etwas zu trinken anbieten?«
»Im Moment nicht, danke«, antwortete ich und setzte mich auf einen Stuhl, der mit schmiegsamem grünem Kunstleder bezogen war. Das Wohnzimmer war klein, doch hübsch, mit einem kleinen viktorianischen Sofa aus Rosenholz und einem geblümten Sessel. Über dem Sofa hing ein kühnes abstraktes Ölbild, das die Einrichtung irgendwie noch ergänzte. Ein schöner Raum, und ich sagte es ihr auch.
»Danke. Sind Sie sicher, daß Sie nicht wenigstens einen kleinen Sherry haben möchten?«
»Danke. Für den Augenblick passe ich.«
Das Radio spielte klassische Musik, es klang nach Vivaldi. Madeleine Porlock ging durch das Zimmer und stellte es leiser. Irgend etwas an ihr kam mir vertraut vor, ich wußte nur nicht was.
»Ruddy muß jeden Augenblick hiersein«, sagte sie noch einmal.
»Kennen Sie ihn schon lange?«
»Ruddy? Seit einer Ewigkeit.«
Ich versuchte, mir die beiden als Paar vorzustellen. So ganz unmöglich war das nicht. Er war zwar ein gutes Stück älter als sie, das schon. Ich schätzte sie auf Anfang Dreißig, obwohl ich im Schätzen nicht sehr gut bin.
Kannte ich sie von irgendwoher?
Ich wollte sie das gerade fragen, als sie erfreut in die Hände klatschte, als sei ihr etwas Wichtiges eingefallen. »Kaffee!« rief sie.
»Wie bitte?«
»Sie trinken eine Tasse Kaffee. Ich habe ihn eben gemacht. Sie möchten doch welchen, nicht wahr?«
Ich hatte alkoholische Getränke abgelehnt, weil ich wachsam bleiben wollte. Ein Grund mehr, einen Kaffee anzunehmen. Ich sagte, bitte nur mit Zucker und Sahne, und sie verschwand, um ihn zu holen. Ich machte es mir bequem und lauschte der Musik. Wie schön es wäre, wenn ich Fagott spielen könnte. Die Dinger sind teuer und schwer zu spielen, und ich glaube, ich kann nicht einmal mehr Noten lesen. Deshalb werde ich mir wohl nie eines kaufen und Unterricht nehmen,

doch jedesmal, wenn ich es höre, in einem Konzert oder einem Kammermusikwerk, fällt mir wieder ein, wie hübsch es wäre, wenn ich eines Morgens erwachte und ein Fagott besäße und darauf spielen könnte.

In der Phantasie sind die Dinge immer soviel einfacher. Die Knochenarbeit läßt man einfach weg.

»Mr. Rhodenbarr?«

Ich nahm ihr die Tasse ab. Sie war aus dickem Keramik mit einem geometrischen Muster. Ich roch am Kaffee und fand, daß er gut roch.

»Hoffentlich schmeckt er Ihnen«, sagte sie. »Es ist eine Mischung aus Louisiana. Mit Zichorie.«

»Ich mag Zichorie.«

»Ich auch.« Sie sagte das so, als könne unsere gemeinsame Begeisterung für Zichorie der Anfang zu etwas ganz Großem sein. Das Quintett war zu Ende, tatsächlich von Vivaldi, wie der Sprecher verkündete, und man spielte eine Symphonie von Haydn.

Ich trank einen Schluck Kaffee. Sie fragte, ob er mir schmecke, und ich versicherte ihr, daß er ausgezeichnet sei, obwohl ich es nicht fand. Er hatte einen leichten Nachgeschmack, und ich entschied, daß Zichorie doch nicht mein Fall war, auch wenn ich es glaubte.

»Ruddy sagte, daß Sie ihm etwas bringen würden, Mr. Rhodenbarr.«

»Ja.«

»Es schien ihm sehr wichtig zu sein. Sie haben es natürlich dabei?«

Ich trank noch einen Schluck Kaffee und fand, daß er doch nicht so schlecht schmeckte. Die Haydn-Symphonie füllte das ganze Zimmer aus und schien von den Wänden widerzuhallen.

»Mr. Rhodenbarr?«

»Schöne Musik«, sagte ich.

»Haben Sie das Buch dabei, Mr. Rhodenbarr?«

Ich lächelte. Ich hatte das Gefühl, daß es ein ziemlich einfältiges Lächeln war, aber ich konnte nichts dagegen tun.

»Mr. Rhodenbarr?«

»Sie sind sehr hübsch.«

»Das Buch, Mr. Rhodenbarr.«
»Ich kenne Sie von irgendwoher. Sie kommen mir bekannt vor.« Aus irgendeinem Grund hatte ich Kaffee vergossen und war äußerst verlegen. Ich hätte den Rob Roy nicht trinken sollen. Dann nahm mir Madeleine Porlock die Tasse ab und stellte sie vorsichtig auf dem gläsernen Couchtisch ab.
»Ich ecke immer an«, sagte ich. »Ich meine Glastische! Ich übersehe sie immer und renne direkt in sie hinein. Sie haben orangefarbenes Haar.«
»Schließen Sie die Augen, Mr. Rhodenbarr!«
Mir fielen die Augen zu. Ich riß sie wieder auf und sah sie an. Sie hatte einen Haufen lockige orangefarbene Haare, und noch während ich sie anstarrte, verschwanden sie, und sie waren wieder dunkel und kurz. Ich blinzelte und hoffte, sie würden wieder orangefarben, aber sie blieben, wie sie waren.
»Es ist der Kaffee«, sagte ich nicht sehr intelligent. »Im Kaffee war was drin!«
»Setzen Sie sich zurück und regen Sie sich nicht auf, Mr. Rhodenbarr.«
»Sie haben mich betäubt.« Ich legte die Hände auf die Lehnen und versuchte aufzustehen. Meine Arme hatten keine Kraft, und meine Beine schienen nicht mehr vorhanden zu sein.
»Orangefarbenes Haar«, sagte ich.
»Schließen Sie die Augen, Mr. Rhodenbarr.«
»Ich muß aufstehen . . .«
»Lehnen Sie sich zurück und bleiben Sie ganz ruhig. Sie sind sehr müde.«
Gott, das stimmte. Ich schnappte nach Luft und schüttelte wie verrückt den Kopf, um die Spinnweben loszuwerden. Das war ein Fehler – die heftige Bewegung schien eine Kette kleiner Feuerwerkskörper irgendwo hinten in meinem Kopf zur Explosion zu bringen. Haydn dröhnte, ich riß die Augen wieder auf, trotzdem wurde mein Gesichtsfeld an den Rändern immer dunkler. Dunkle Flecken tauchten auf, hier und da, verschmolzen miteinander, bis die Schwärze überall war, da gab ich auf, entspannte mich und fiel hinunter bis auf den Grund.

Ich träumte von einem Erdbeben in der Türkei, Häuser

stürzten um mich her ein, Steine rollten Berge hinunter. Ich kämpfte mich aus dem Traum hoch wie ein Taucher, der an die Wasseroberfläche will. Das türkische Erdbeben gehörte zu den stündlichen Nachrichten im Radio. Die Sozialdemokraten hatten bei den Parlamentswahlen in Belgien einen ziemlichen Zuwachs zu verzeichnen, ein Hollywood-Star war an einer Überdosis Schlaftabletten gestorben, und der Präsident wollte wegen irgend etwas ein Veto einlegen.

In der Nähe ertönte ein Summer, der die monotone Sprecherstimme unterbrach. Es gelang mir, die Augen aufzumachen. Der Kopf schmerzte mir, und mein Mund fühlte sich an, als hätte ich an einem Wattepfropfen gesaugt. Der Summer summte wieder, und ich wunderte mich, daß niemand öffnen ging.

Ich öffnete meine Augen wieder. Offensichtlich waren sie zugefallen, ohne daß ich es gemerkt hatte. Ich wünschte, Madeleine Porlock wäre von dem viktorianischen Sofa aufgestanden und wäre zur Tür gegangen, oder hätte sonst etwas unternommen, damit das Summen aufhörte.

Im Radio kam jetzt Musik. Irgend etwas mit Geigen. Sehr beruhigend. Ich öffnete meine Augen wieder. Das Summen hatte aufgehört. Auf der Treppe erklangen schwere Schritte. Ich saß noch immer in meinem Röhrenstuhl. Meine linke Hand lag in meinem Schoß wie ein kleines totes Tier. Die rechte hing über die Stuhllehne. Ich hielt irgend etwas fest.

Wieder öffnete ich die Augen, und dann schüttelte ich den Kopf. Ich hatte das Gefühl, als klapperten lose Steine darin. Es klopfte an die Wohnungstür. Warum ging die Porlock nicht öffnen? Offenbar war sie auch in keiner besseren Verfassung als ich.

Es wurde noch heftiger an die Tür gehämmert, und jetzt gelang es mir, mich aufrecht hinzusetzen und mich zu einem einigermaßen klaren Bewußtsein durchzukämpfen. Ich holte tief Luft und blinzelte heftig. Dann fiel mir ein, wo ich war und was ich hier wollte.

Ich langte mit meiner linken Hand nach hinten und tastete über meinen Hintern. *Die Befreiung von Fort Bucklow* war verschwunden.

Na ja, das paßte.

»Aufmachen! Aufmachen da drinnen!« Bum, bum, bum! Ich rief, sie sollten sich einen Augenblick gedulden, und langte nach meiner Hüfttasche, ob die fünfhundert Dollar des Sikh noch da waren. Ich konnte sie mit der linken nicht erreichen. Warum gebrauchte ich eigentlich die linke Hand? Ach ja, weil ich mit der rechten irgend etwas Schweres festhielt.
»Polizei! Aufmachen da drinnen!«
Noch mehr Hämmern gegen die Tür. Ich hob die rechte Hand. Ich hielt eine Waffe. Verblüfft starrte ich sie an, dann hielt ich sie mir an die Nase und roch daran. Ich roch jene bestimmte Mischung aus Waffenöl, Schießpulver und Brandgeruch, der charakteristisch dafür ist, daß vor nicht allzu langer Zeit ein Schuß abgegeben wurde.
Ich sah wieder zum Sofa hin und hoffte, daß es leer sein würde, daß ich vorhin halluziniert hatte. Aber Madeleine Porlock saß noch immer dort und hatte sich nicht gerührt. Und jetzt erkannte ich auch, daß sie sich nie mehr rühren würde. Man hatte sie erschossen, und mitten auf ihrer Stirn klaffte ein Loch, und ich hatte eine ziemlich genaue Vorstellung, mit welcher Waffe sie getötet worden war.

8

Ich stand hastig – zu hastig – auf und wäre beinahe wieder auf den Stuhl zurückgesunken. Aber ich schaffte es, stehen zu bleiben, und bemühte mich verzweifelt, einen etwas klareren Kopf zu bekommen.
Die Polizisten hatten mit dem Hämmern aufgehört und warfen sich gegen die Tür. Jeden Augenblick konnte die Tür nachgeben, und sie würden ins Zimmer getrampelt kommen. Ich beschloß, daß ich dann nicht mehr dasein wollte.
Immer noch hielt ich die verdammte Waffe. Ich ließ sie fallen, dann hob ich sie wieder auf und wischte meine Fingerabdrücke weg und ließ sie wieder fallen. Ich ging am Radio vorbei in einen Gang mit einem Badezimmer und einem Einbauschrank an der einen und einer winzigen Küche an der anderen Seite und landete in einem Schlafzimmer mit einem Himmelbett und

einer holländischen Kommode. An der entfernteren Wand war ein Fenster, das auf eine Feuerleiter hinausging. Ich riß es auf. Frische Luft! Ich atmete tief ein und spürte, wie sich die Spinnweben in meinem Gehirn auflösten. Ich kletterte hinaus und schloß das Fenster hinter mir. Was nun?

Ich blickte in die Tiefe, und ein heftiges Schwindelgefühl erfaßte mich. Mir fielen die Tablettenvorschriften ein mit der Warnung, beim Autofahren vorsichtig zu sein. Bei Schwindelanfällen Feuertreppen vermeiden!

Ich riskierte einen zweiten Blick. Die Feuertreppe endete in einem ummauerten Hof. Sicherlich würde ich durch den Keller verschwinden können, aber auf der anderen Seite stand bestimmt ein Polizist.

Deshalb lief ich die Feuertreppe aufwärts, vorbei am dritten Stock, bis aufs Dach. Jemand hatte es mit Rotholz verkleidet und Bäume und Sträucher in großen Rotholzkübeln hingestellt. Es sah alles sehr hübsch aus, hatte aber einen Haken – ich saß in der Falle. Die angrenzenden Gebäude waren zwanzig oder dreißig Meter höher, und die schwere Feuerschutztür ließ sich ohne Schlüssel nicht öffnen. Wenn ich meine Werkzeuge dabeigehabt hätte, wäre sie kein Problem gewesen, aber wer denkt schon an so etwas?

Wieder die Feuertreppe hinunter. Im dritten Stock blieb ich stehen und überlegte, ob ich es mit dem Mann unten – falls da einer stand – aufnehmen sollte. Ich konnte ja in den Keller einbrechen und mich im Heizungsraum verstecken, bis die Gefahr vorbei war, aber wollte ich das wirklich? Wollte ich tatsächlich am Schlafzimmerfenster der Porlock-Wohnung vorbeilaufen, wenn aller Wahrscheinlichkeit nach die Polizei schon drin war?

Ich sah mir die Fenster zu den beiden Wohnungen im dritten Stock an. Bei der rechten – vermutlich 4-D, direkt über der von Madeleine Porlock – waren die Vorhänge zugezogen. Ich drückte das Ohr gegen die Scheibe und hörte drinnen den Fernseher laufen. Bei 4-C standen die Vorhänge einen Spalt offen, aber es war alles leise. Licht war keines zu sehen. Natürlich war das Fenster verschlossen.

Wenn ich einen Glasschneider gehabt hätte, würde ich einen hübschen Kreis in die Scheibe geschnitten haben. Ich hätte

hineingelangt und den Riegel geöffnet. Wenn ich etwas Klebeband gehabt hätte, hätte ich die Scheibe einschlagen können. Es würde auch nicht sehr viel mehr Lärm gemacht haben wie das Zerbrechen eines trockenen Astes. Wenn, ja wenn . . .
Ich haute einfach auf eine Scheibe drauf und wartete mit zusammengepreßten Augen, bis das Klirren der herabfallenden Scherben aufhörte. Ich legte das Ohr an das entstandene Loch und lauschte ein paar Augenblicke, dann legte ich den Riegel um, schob das Fenster hoch und kletterte hinein.
Ein paar Minuten später verließ ich die Wohnung auf eine konventionellere Art, als ich sie betreten hatte, indem ich durch die Eingangstür schritt und hastig die Treppe hinunterging. Im zweiten Stock stieß ich auf zwei uniformierte Funkstreifenbeamte. Die Tür zu 3-D war jetzt offen. Ich fragte den einen, was los sei. Er reckte das Kinn vor und antwortete, nur eine Routineuntersuchung. Ich nickte beruhigt und verschwand die Treppe hinunter.

Ich wollte nach Hause fahren. Nicht weil mein Herz mich dorthin zog, sondern weil dort meine Einbruchswerkzeuge lagen, und ein Dieb ist genau wie ein Arbeiter nur so gut wie seine Werkzeuge. Ohne sie fühlte ich mich nackt. Ich war nicht sicher, ob die Polizei meine Spur schon hatte. Früher oder später würden sie auf jeden Fall auf sie stoßen, davon war ich überzeugt. Aber ich bezweifelte auch nicht, daß ich vorher noch schnell meiner Wohnung einen Besuch abstatten konnte. Mein Werkzeug war dort, mein Geld, und außerdem hätte ich mich für alle Fälle gern mit dem Notwendigsten ausgerüstet. Denn mein Fall sah von meiner Warte aus nicht zu gut aus. Madeleine Porlock hatte ein Loch im Kopf, und meine Fingerabdrücke waren überall in der Wohnung – zumindest auf der Tasse, aus der ich getrunken hatte, auf dem gläsernen Couchtisch und weiß Gott wo noch. Dasselbe Verbrechergenie, das meine hilflosen Finger um die Waffe gelegt hatte, würde schon dafür gesorgt haben.
Die Polizei würde eine Menge Fragen an mich haben und sich meine Antworten nicht einmal anhören. Andrerseits hatte ich selbst auch ein paar interessante Fragen, die ich mir stellte. Wer war Madeleine Porlock? Wie paßte sie ins Bild? Warum

hatte sie mich betäubt, und woher war ihr Mörder gekommen? Warum hatte er sie umgebracht? Was war eigentlich aus Rudyard Whelkin geworden? Und schließlich und endlich, was hatte der Sikh mit der ganzen Sache zu tun?
Die letzte Frage war auch nicht leichter zu beantworten als die andern, aber mir wurde dabei klar, daß ich gar nicht nach Hause konnte. Inzwischen mußten der Sikh, oder wer immer ihn losgeschickt hatte, gemerkt haben, daß sie reingelegt worden waren, und das bedeutete, daß ich alle Orte meiden mußte, an denen sie mich suchen würden. Mein Laden kam nicht in Frage, meine Wohnung ebenfalls nicht, denn jeder, der sich ein Telefonbuch von Manhattan beschaffen konnte, konnte sich meine Adresse heraussuchen.
In der Second Avenue winkte ich einem Taxi. Der Fahrer war jung und sah spanisch aus, mit wachen Augen. Machten diese Augen Bestandsaufnahme von mir, während er mich fragte, wohin die Reise gehen sollte?
»Ins Village«, sagte ich.
»Wo genau?«
»Zum Sheridan Square.«

Carolyn Kaisers Wohnung liegt in der Arbor Court, einer dieser kleinen Straßen im Village, die ich nur finde, wenn ich von der richtigen Stelle aus losgehe. Sheridan Square war die falsche, deshalb mußte ich zur Greenwich Avenue marschieren, dann nach Westen und Süden, ehe ich auf sie stieß. Ich erinnerte mich nicht mehr, welches Haus es genau war, und deshalb mußte ich in verschiedenen Eingängen die Namen an den Briefkästen absuchen, bis ich sie fand. Ich klingelte.
Es war niemand zu Hause. Ich hätte sie vorher anrufen können, aber ich hatte ihre Nummer nicht, sie stand auch nicht im Telefonbuch, und der Auskunft eine Geheimnummer zu entlocken ist so schwierig wie die berühmte Geschichte mit dem Kamel und dem Nadelöhr. Ich klingelte bei ein paar Nachbarn, bis irgend jemand auf den Türöffner drückte. Ich ging hinein. Carolyn wohnte im Parterre. Ich warf einen Blick auf das Türschloß und machte kehrt.
Ich versuchte es bei ein paar Haushaltsgeschäften in der Hudson. Alle geschlossen. Ein Schlosser hatte geöffnet, aber

konnte ich von ihm wirklich verlangen, daß er mir Einbruchswerkzeuge verkaufte? Ich versuchte es nicht einmal. Ich ging in einen Drugstore und kaufte eine Rolle Leukoplast, Papierklammern, Haarnadeln und zwei Nagelfeilen. In der Tabakabteilung erwarb ich noch Pfeifenreiniger, die ziemlich stabil aussahen.

Ich kehrte zu Carolyns Haus zurück, ärgerte die Bewohner mit meinem Klingeln noch einmal, bis mich einer einließ, und machte mich an die Arbeit.

Mit meinem Ring Dietriche hätte die Operation keine fünf Minuten gedauert. Mit den Notwerkzeugen aus dem Drugstore dauerte es fast zehn, in denen zwei Personen das Haus betraten und eine hinausging. Falls ich einer von ihnen auffiel, ließ er es sich nicht anmerken. Schließlich hatte ich es geschafft und trat ein.

Hübsch gemütlich, typisch Village. Ein Raum von ungefähr drei Quadratmetern hatte ein winziges Waschbecken, und wenn man sich auf die Toilette setzte, stieß man mit den Knien gegen die Tür. Die Badewanne, ein riesiges Relikt aus früheren Zeiten mit großen Klauenfüßen, stand in der Küchenecke beim Spülbecken, dem Kühlschrank und dem Herd. Carolyn hatte sich eine Holzplatte machen lassen, die die Wanne abdeckte, so daß sie sie als Küchentisch benutzen konnte. Die Wände waren blau gestrichen, ein leuchtendes Dunkelblau, die Fensterrahmen und die Röhren in hellem Gelb.

Ich benützte die Toilette, zündete das Gas unter dem Kaffeetopf an, in dem noch ein Rest Kaffee war, und ließ mich von einer der Katzen umschnurren. Es war ein Siamkater, der sich von mir nicht beunruhigen ließ. Seine Freundin, eine Perserkatze mit müden Augen, ruhte auf dem Doppelbett und wirkte, als würde sie am liebsten mit der blauen Patchworkdecke in eins verschmelzen. Ich kraulte den Siamkater hinter dem Ohr, er schnurrte und rieb seinen Kopf an meinem Knöchel. Vermutlich hatte ich die Prüfung bestanden.

Der Kaffee war heiß. Ich goß mir eine Tasse ein, kostete und spürte plötzlich wieder den Geschmack von Madeleine Porlocks angeblicher Zichorie im Mund. Ich goß ihn weg, machte Wasser heiß und brühte Tee auf, in den ich zur Stärkung einen anständigen Schluck kalifornischen Brandy goß, den ich in

einem Regal über dem Ausguß entdeckte.
Es war halb sieben gewesen, als ich »Chez Porlock« verabredet gewesen war, und während der Sieben-Uhr-Nachrichten war ich verduftet. Ich sah erst auf die Uhr, als ich in Carolyns Korbstuhl saß, die Füße auf dem Couchtisch, die zweite Tasse Tee halb ausgetrunken, die Perserkatze schnurrend auf dem Schoß. Es war genau achtzehn Minuten nach neun.
Ich schaltete das Radio ein und suchte den Sender, der rund um die Uhr Nachrichten brachte. Es kam wieder ein Bericht über das Erdbeben in der Türkei und das Veto des Präsidenten. Ein unzufriedener Albanier hatte in Washington Heights Geiseln genommen, und ein Reporter am Ort des Geschehens berichtete mit allen überflüssigen Details darüber. Ich streichelte geduldig die Perserkatze, während ihr siamesischer Bruder auf einem Bücherregal hockte und jammernde Töne von sich gab.
Es war kurz vor elf, als ich hörte, wie sich ein Schlüssel im Schloß drehte. Das mußte Carolyn sein. Mittlerweile hatte ich Jazzmusik hereingeholt, und beide Katzen lagen auf meinem Schoß. Ich blieb, wo ich war, und rief: »Ich bin's, Carolyn! Nur keine Panik.«
»Warum sollte ich in Panik geraten?« Sie trat ein, schloß die Eingangstür und verriegelte sie. »Bist du schon lange da? Ich war drüben in der *Dutchess*, und du weißt ja, wie's dort zugeht. Oder vielmehr, du weißt es nicht, denn Männer haben ja keinen Zutritt.« Sie schlüpfte aus ihrer Jacke, hängte sie an einen Türknopf, ging zum Kaffeetopf, drehte sich plötzlich heftig um und rief: »He, waren wir eigentlich verabredet?«
»Nein.«
»Ließ dich Randy rein? Ich dachte, sie wollte ihre verdammte Tante in Bath Beach besuchen. Was wollte sie denn hier? Ist sie nach Brooklyn gefahren oder was?«
»Ich habe Randy nicht gesehen.«
»Wie bist du dann reingekommen, Bernie?«
»Ich habe mir selbst aufgemacht.«
»Aha! Und woher hattest du den Schlüssel?« Sie runzelte die Stirn. Dann dämmerte es ihr. »Oh, jetzt begreife ich. Andere Leute brauchen einen Schlüssel. Aber du bist wie ein Geist. Du kannst durch Wände gehen.«

»Eigentlich nicht.«
Die Katzen waren von meinem Schoß gesprungen und rieben sich zärtlich an ihren Beinen. Offensichtlich hatten sie Hunger. Sie nahm keine Notiz von ihnen. »Nun, Bernie?«
»Das Radio!«
»Wie bitte?«
»Es wird dir deine Fragen bis zu einem gewissen Grad beantworten.«
Sie lauschte mit schiefem Kopf. »Klingt nach Monk«, sagte sie. »Aber auch wieder nicht. Er macht zuviel mit der linken Hand.«
»Es ist Jimmy Rowles, aber das meine ich gar nicht. Warte, bis die Platte zu Ende ist, Carolyn.«
Danach kam eine Werbeeinblendung, dann die Elf-Uhr-Nachrichten. Erst das Erdbeben in der Türkei, dann der wütende Albanier, dann das Präsidenten-Veto, und schließlich die Sensationsnachricht, daß ein vorbestrafter Einbrecher, Bernard Rhodenbarr, im Zusammenhang mit der Ermordung an einer gewissen Madeleine Porlock gesucht wurde, die in ihrer Wohnung in der 66. Straße Ost erschossen worden war.
Der Sprecher ging zu anderen Themen über. Carolyn stellte ihn mitten im Satz ab, starrte mich ein paar Sekunden schweigend an, ging in die Küchenecke und fütterte die Katzen. »Komm Ubi, komm Archie!« rief sie. »Heute gibt's Huhn mit Nieren. Das mögt ihr doch besonders gern.«
Einen Augenblick stand sie mit dem Rücken zu mir da, die Hände in die Hüften gestützt, und beobachtete ihre Lieblinge beim Fressen. Dann drehte sie sich um und setzte sich auf die Bettkante. »Ich hätte erkennen müssen, daß es Jimmy Rowles ist«, sagte sie. »Ich habe ihn bei den Bradleys so oft gehört. Aber in letzter Zeit ging ich nicht mehr hin, weil Randy keinen Jazz mag, aber wenn wir uns trennen – wir sind, glaube ich, gerade dabei –, dann werde ich, verdammt noch mal, wieder häufiger in die Jazzlokale gehen. Madeleine Doorlock, heißt sie? Was für ein komischer Name.«
»Porlock.«
»Auch ziemlich ungewöhnlich. Wer ist sie, Bernie?«
»Keine Ahnung. Bis heute nachmittag haben wir uns nicht gekannt.«

»Hast du sie umgebracht?«
»Nein.«
Sie schlug die Beine übereinander und sah mich fragend an. »Ich bin bereit«, sagte sie. »Du redest, und ich höre zu.«
»Hm«, machte ich. »Es ist eine lange Geschichte«, sagte ich dann.

9

Es war eine lange Geschichte, und sie hörte mir geduldig zu. Nur einmal stand sie vom Bett auf, um die Brandyflasche zu holen. Als ich geendet hatte, öffnete sie eine neue und goß uns großzügig ein. Ich hatte es aufgegeben, meinen mit Tee zu verdünnen, und sie hatte gar nicht erst damit angefangen.
»Also, auf das Verbrechen«, sagte sie und hielt ihr Glas hoch. »Kein Wunder, daß du, als ich es das letzte Mal sagte, beinahe dein Sodawasser verschüttet hättest. Du warst gerade dabei, loszuziehen und einen Einbruch zu begehen. Deshalb trankst du nichts, was?«
»Ich trinke nie, wenn ich arbeite.«
»Ich arbeite nie, wenn ich trinke. Ist dasselbe Prinzip. Ich brauche ein wenig Zeit, um die Sache zu verdauen, Bernie. Ich glaubte wirklich, du seist zwar mal ein Einbrecher gewesen, hättest dich aber jetzt gebessert und verkauftest einfach Bücher. Alles, was du diesem Polizisten erzähltest . . .«
». . . war bis zu einem gewissen Grad wahr. Ich verdiene mit dem Laden nichts, zumindest nicht viel. Ich bin kein guter Buchhalter. Ich kaufe und verkaufe und komme gerade so über die Runden und kann sogar Miete und Licht- und Telefonrechnung zahlen. Wenn ich mehr arbeitete, könnte ich vermutlich sogar ganz gut davon leben.«
»Statt dessen gehst du hin und brichst in Häuser ein.«
»Nur hin und wieder.«
»Zu besonderen Gelegenheiten.«
»Stimmt.«
»Damit du deine Rechnungen bezahlen kannst.«
»Hm-hm.«

Sie runzelte nachdenklich die Stirn, kratzte sich am Kopf und nippte an ihrem Brandy. »Also«, sagte sie, »du kamst her, weil du hier sicher bist, stimmt's?«
»Ja.«
»In Ordnung. Wir sind Freunde, nicht wahr? Ich weiß sehr gut, was es bedeutet: daß ich einen Verbrecher verstecke, aber es ist mir egal. Wozu sind Freunde da?«
»So was wie dich gibt's unter Millionen nur einmal, Carolyn.«
»Darauf kannst du deinen Hintern verwetten. Hör zu, du kannst so lange bleiben, wie du willst. Ich stelle keine Fragen. Die Sache ist bloß die, daß ich tatsächlich ein paar Fragen auf dem Herzen habe, aber ich frage nicht, wenn du nicht möchtest.«
»Du kannst mich alles fragen.«
»Warum hast du gewartet, bis die Arkwrights nach Hause kamen? Warum bist du nicht sofort wieder abgehauen? Ich dachte, Einbrecher vermeiden lieber jeden menschlichen Kontakt.«
Ich nickte. »Es war Whelkins Idee. Ich sollte das Buch stehlen, ohne daß Arkwright es merkte. Wenn ich sonst nichts mitnahm und keine Unordnung machte und das Buch noch dastand, wenn Jesse Arkwright seine abendliche Runde Billard spielte, würde es mindestens einen Tag dauern, bis er es vermißte. Whelkin war überzeugt, daß er der Hauptverdächtige sein würde, weil er das Buch so gern haben wollte und er den Streit mit Arkwright hatte und ein Alibi ihm nichts nützen würde, weil Arkwright sicherlich annahm, daß er jemand anders mit dem Diebstahl beauftragt hatte.«
»Was stimmt.«
»Was stimmt«, bestätigte ich. »Je länger es dauert, bis Arkwright das Verschwinden des Buches bemerkt, und je größer die Schwierigkeit ist, herauszufinden, wie es verschwand, desto mehr Zeit hat Whelkin, es zu verstecken, so daß niemand es findet . . .«
»Und deshalb hast du nur das Buch genommen und sonst nichts.«
»Ja.«
»Okay. Dieser Teil der Geschichte klingt plausibel. Aber was geschah mit Whelkin?«

»Ich weiß es nicht.«
»Glaubst du, er brachte sie um?«
»Das glaube ich nicht.«
»Warum nicht? Er arrangierte das Treffen. Er brachte sie soweit, daß sie dich betäubte, und als du bewußtlos warst, tötete er sie.«
»Warum?«
»Um dir eine Falle zu stellen, nehme ich an. Damit du von der Bildfläche verschwindest.«
»Warum brachte er mich nicht einfach um?«
»Ich weiß es nicht.« Sie knabberte an ihrem Fingernagel. »Diese Porlock kann ja nicht einfach aus dem Nichts aufgetaucht sein. Whelkin schickte dich zu ihr, sie präparierte deinen Kaffee. Sie muß hinter dem Buch hergewesen sein, denn sie fragte dich danach, ehe du die Waffen strecktest. Dann durchsuchte sie dich und nahm es mit.«
»Oder der Mörder.«
»Du hörtest keinen Schuß?«
»Ich war bewußtlos. Vielleicht benützte er auch einen Schalldämpfer. Falls ja, nahm er ihn wieder mit. Er nahm auch das Buch mit, und dazu die fünfhundert Dollar, die der Sikh mir gab.« Ich zuckte mit den Schultern. »Ich fand sowieso, daß es für eine moderne Ausgabe von *Drei Soldaten* zuviel war. Na ja, wie gewonnen, so zerronnen.«
»Vielleicht war es der Sikh.«
»Was wäre dann die Erklärung?«
»Vielleicht steckten sie unter einer Decke, und er legte sie am Ende rein.« Sie seufzte. »Ich weiß es nicht, Bernie. Ich spiele nur mit den verschiedenen Möglichkeiten. Mit Whelkin muß sie aber in Verbindung gestanden haben, findest du nicht auch?«
»Ja, möglich. Er schickte mich direkt in ihre Wohnung. Nur . . .«
»Nur was?«
»Warum kaufte er das Buch nicht einfach?«
»Vielleicht konnte er es sich nicht leisten. Du hast recht. Es wäre für ihn das einfachste gewesen. Er hatte dir doch schon eine Vorauszahlung gegeben, nicht? Wieviel schuldete er dir noch?«

Ich antwortete nicht.
»Bernie?«
Ich seufzte. »Erst gestern erklärte ich einem Ladendieb, er sei zu dumm zum Klauen. Er ist nicht der einzige.«
»Du verlangtest keine . . .«
»Ich habe kein Geld im voraus erhalten!«
»Oh.«
»Er ist Mitglied des *Martingale-Club*«, sagte ich, »und hatte einen gewissen englischen Akzent. War sehr sportlich angezogen.«
»Und?«
»Seine Fassade täuschte mich, das ist alles. Das Thema Anzahlung sparte er einfach aus. Ich weiß auch nicht, wie ihm das gelang, jedenfalls brach ich in das Haus sozusagen mit leeren Taschen ein. Mein Gott, Carolyn, ich habe sogar die Brückenmautgebühr und das Benzin bezahlt. Allmählich komme ich mir doch ziemlich blöde vor.«
»Whelkin legte dich herein. Und sie hat dich schachmatt gesetzt, und dann erschoß er sie und machte dich zum Sündenbock.«
Ich dachte darüber nach. »Nein«, meinte ich dann.
»Wieso nein?«
»Ich glaube es nicht. Warum die Person überhaupt einschalten? Er hätte mich genauso leicht betäuben können wie sie. Und noch etwas anderes. Unser letztes Telefongespräch, als er mir das Treffen in ihrer Wohnung vorschlug. Er klang so komisch. Damals dachte ich, er sei betrunken.«
»Und weiter?«
»Ich wette, man hatte ihm was verabreicht.«
»So wie dir?«
»Nicht ganz. Jedenfalls nicht dasselbe Mittel, oder der Knabe wäre nicht imstande gewesen, mit mir zu reden. Ich frage mich, was sie mir eigentlich gegeben hat. Es muß ziemlich stark gewesen sein. Ich hatte Halluzinationen.«
»Wie war das?«
»Ehe ich hinüber war, reagierten alle meine Sinne übersensibel. Die Musik wurde mal zu laut, dann wieder ganz leise. Ihr Gesicht schien sich aufzulösen, kurz ehe ich ins Nirwana fiel.«
»Du erwähntest auch ihr Haar.«

»Ja, es wurde immer wieder orange. In Wirklichkeit hatte sie kurzes dunkelbraunes Haar, und ich sah sie immer wieder mit einem Haufen leuchtend orangefarbener Locken. Oh, mein Gott!«

»Was ist los, Bernie?«

»Jetzt fällt mir ein, wo ich sie schon mal sah! Und da hatte sie tatsächlich rote Haare. Es muß eine Perücke gewesen sein.«

»Das dunkle Haar?«

»Nein, das rote. Sie kam in meinen Laden, mit der roten Perücke. Ich bin ganz sicher, daß sie es war. Kräftige Figur, gerade Schultern – sie muß drei- oder viermal gekommen sein.«

»Mit Rudyard Whelkin?«

»Nein. Der kam nur einmal. Dann aßen wir zusammen im *Martingale-Club* zu Mittag, am selben Tag, und danach traf ich ihn einmal im Club auf einen Drink. Außerdem sprachen wir mehrmals am Telefon zusammen. Sie kam in den Laden – ich kann mich nicht mehr erinnern, wann sie mir zum erstenmal auffiel, es muß vergangene Woche gewesen sein. Gestern kaufte sie ein Buch: Vergils *Eklogen*.«

»Warum kam sie so oft?«

»Um mich und den Laden auszukundschaften. Genau derselbe Grund, aus dem ich nach Forest Hills fuhr. Sag mal, könnten wir wohl das Radio anstellen?«

»Warum?«

»Wegen der Nachrichten.«

»Natürlich. Was, es ist schon Mitternacht?«

Ich schaltete das Radio ein. Die Nachrichten waren die gleichen wie um elf Uhr, nur der Albanier hatte sich ergeben. Den Geiseln war nichts passiert. Madeleine Porlock war immer noch tot, und die Polizei suchte immer noch nach einem gewissen Bernard Rhodenbarr.

Ich stellte den Kasten wieder ab, und dann fragte Carolyn, wie man sich fühle, wenn man von der Polizei gesucht werde.

»Wieso wissen sie eigentlich, daß *du* es warst, Bernie? Fingerabdrücke?«

»Oder die Brieftasche. Wer mich durchsuchte, hat sie mir weggenommen – Madeleine Porlock oder ihr Mörder. Das Buch, die fünfhundert Dollar und meine Brieftasche. Vielleicht

legte sie jemand so hin, daß die Polizei sie sofort fand.«
»Aber du solltest doch noch bewußtlos sein, wenn die Polizei eintraf, nicht wahr?«
»Vielleicht war die Brieftasche so eine Art Versicherung. Oder vielleicht nahm sie der Killer mit, weil er hoffte, sie enthielte irgend etwas Kriminelles, wie zum Beispiel Whelkins Visitenkarte oder irgendwelche Notizen von mir.« Ich zuckte die Achseln. »Die Brieftasche kann jetzt überall sein. Ich sollte wohl meine Konten sperren lassen, damit nicht plötzlich ein Unbekannter auf meine Kosten ein Flugticket kauft – oder einen Nerz. Aber das steht ganz unten auf meiner Programmliste.«
»Und was steht ganz oben?«
»Keine Ahnung.«
»Wie wär's mit noch was zu trinken?«
Ich schüttelte den Kopf. »Ich glaube, ich habe genug.«
Sie holte die Flasche und goß sich ein. »Du kannst einfach aufhören, wenn du weißt, daß du genug hast?«
»Klar.«
»Bemerkenswert«, sagte sie, nippte an ihrem Brandy und sah mich über den Rand des Glases hinweg an. »Glaubst du, daß außer der Dame Porlock noch jemand in der Wohnung war?«
»Nein. Aber ich bin ja auch nicht über das Wohnzimmer hinausgekommen. Erst, als sie schon tot war. Ich dachte, nur wir beide seien da.«
»Der Mörder konnte in einem Zimmer sein.«
»Möglich.«
»Oder sie war allein, betäubte dich und nahm selbst das Buch, das Geld und die Brieftasche. Und als sie gerade zur Tür rauswollte, tauchte der Mann mit der Waffe auf.«
»Richtig.«
»Wer? Der Sikh? Whelkin?«
»Ich weiß es nicht, Carolyn.«
»Warum in aller Welt trug sie eine Perücke? Du kanntest sie doch gar nicht!«
»Keine Ahnung.«
»Und wie steht's mit dem Sikh? Vielleicht war das auch eine Verkleidung? Könnte es Whelkin gewesen sein?«
»Er hatte einen Bart und trug einen Turban.«

»Der Bart kann falsch gewesen sein. Und einen Turban kann man aufsetzen und wieder abnehmen.«
»Der Mann war riesig. Glaub mir, es kann nicht Whelkin gewesen sein.«
»Ich glaube dir ja. Was sollte ich sonst tun? Aber zurück zum Anfang: Was wirst du unternehmen? Kannst du zur Polizei gehen?«
»*Das* kann ich auf gar keinen Fall tun! Sie werden mich sofort verhaften wegen Mord.«
»Kannst du ihnen nicht alles erklären, so wie du es mir erklärt hast? Na, streichen wir diese Frage lieber wieder. Sie geht auf das Konto des Brandys. Warum in aller Welt sollten sie dir glauben? Kein Mensch würde dir glauben, außer einer Hundepflegerin wie ich. Bernie, es *muß* doch einen Ausweg geben, nur frage ich mich, wo?«
»Wir müssen den wahren Mörder finden.«
»Na, daß ich daran nicht gedacht habe«, spottete sie. »Ist doch ganz einfach!«

Wir unterhielten uns noch eine Weile. Dann begann Carolyn zu gähnen und steckte mich an. Wir fanden beide, daß wir ein wenig Schlaf brauchten. Heute würden wir doch nichts mehr tun können, und unser Gehirn war zu müde und arbeitete nicht mehr richtig.
»Du bleibst hier«, sagte sie. »Du kannst im Bett schlafen.«
»Unsinn. Ich lege mich auf die Couch.«
»Wieso Unsinn! Du bist über einen Meter achtzig, das Bett auch. Ich bin kleiner, genau wie die Couch. Gut, daß der Sikh nicht noch reingeschneit ist. Für den hätte ich keinen Platz mehr.«
»Ich dachte nur . . .«
»Schon gut. Die Couch ist sehr bequem. Ich schlafe da oft. Ich lande immer darauf, wenn Randy und ich einen mittelschweren Streit haben.«
»Was ist ein mittelschwerer Streit?«
»Wenn sie nicht in ihre eigene Wohnung geht.«
»Ich wußte gar nicht, daß sie eine hat. Ich dachte, ihr beiden wohnt zusammen.«
»Tun wir auch, aber sie hat trotzdem ihre eigenen vier Wände,

in der Morton Street. Kleiner als meine, falls du das für möglich hältst. Gott sei Dank übrigens, so kann sie wieder in ihre eigene Wohnung ziehen, wenn wir uns trennen.«

»Vielleicht solltest du dort bei ihr übernachten, Carolyn.« Sie wollte etwas sagen, aber ich ließ sie nicht zu Wort kommen. »Dann kann man dir keine Mittäterschaft nach der Tat vorwerfen. Wenn du hierbleibst, steht einwandfrei fest, daß du einen von der Polizei gesuchten Mann . . .«

»Das riskiere ich, Bernie.«

»Also . . .«

»Außerdem kann es sein, daß Randy nicht nach Bath Beach fuhr. Möglicherweise ist sie zu Hause.«

»Kannst du nicht trotzdem bei ihr bleiben?«

»Nicht, wenn noch jemand anders da ist.«

»Oh.«

»Hm-hm. Wir leben in einer Welt der unbegrenzten Möglichkeiten. Du legst dich ins Bett, und ich lege mich auf die Couch. Okay?«

»Okay.«

Ich half ihr, die Couch herzurichten, dann ging sie ins Bad, und ich wusch ab, drehte das Licht aus, zog mich bis auf die Unterwäsche aus und kroch ins Bett.

»Bernie?« fragte sie, während sie sich auf die Couch legte.

»Ja?«

»Ich habe keine Ahnung, ob du über Frauen, die Frauen mögen, Bescheid weißt. Sicher hat man dir erzählt, daß manche bisexuell sind.«

»Ja, schon.«

»Also, ich bin's nicht.«

»Hatte ich auch nicht angenommen, Carolyn.«

»*Ich* dachte ja auch, daß man kein Wort darüber zu verlieren braucht, aber ich habe die Erfahrung gemacht, daß man über die selbstverständlichsten Dinge oft lieber redet, damit es keine Mißverständnisse gibt.«

»Ich verstehe.«

Wieder Schweigen.

»Bernie? Sie hat dir die fünfhundert Dollar und die Brieftasche geklaut, stimmt's?«

»Ich hatte noch etwa zweihundert Dollar drin. Eine teure Tasse

Kaffee, das kann ich dir sagen.«
»Wie hast du das Taxi bezahlt?«
»Was?«
»Das Taxi. Und womit hast du das Zeug, das du im Drugstore kauftest, bezahlt? Mit welchem Geld?«
»Oh!«
»Hast du für Notfälle immer noch ein paar Extradollar im Schuh versteckt?«
»Nein«, antwortete ich. »Obwohl ich das eine gute Idee finde, Carolyn.«
»Also?«
»Ich erzählte dir von der Feuertreppe, nicht wahr? Wie ich aufs Dach lief und umdrehte und in die Wohnung im dritten Stock einbrach.«
»Ja.«
»Nun, hm, da ich schon mal drinnen war, nahm ich mir ein paar Minuten Zeit und sah mich um. Machte ein paar Schubladen auf und so.«
»In der Wohnung im dritten Stock?«
»Ja. In einer Kommodenschublade lag ein bißchen Kleingeld. Aber in einer Dose in der Küche steckte viel Geld. Du würdest staunen, wie viele Leute Geld in der Küche aufbewahren.«
»Und du nahmst es?«
»Natürlich. Es waren etwas über sechzig Dollar. Nicht genug, um in Pension zu gehen, aber es reichte für das Taxi und meinen Einkauf im Drugstore.«
»Sechzig Dollar!«
»Eher fünfundsechzig. Und das Armband.«
»Was für ein Armband?«
»Ich konnte nicht widerstehen«, antwortete ich. »Es lag noch mehr Schmuck herum, der mich aber nicht beeindruckte, nur dieses eine Armband – nun, ich zeige es dir morgen früh.«
»Mein Gott, du hast also tatsächlich einen Einbruch begangen.«
»Aber ich bin doch ein Einbrecher, Carolyn.«
»Eben daran muß ich mich erst noch gewöhnen. Du bist ein Einbrecher. Du brichst in Wohnungen und Häuser ein und beklaust die Leute!«
»Im allgemeinen stimmt das.«

»Du nahmst das Geld, weil du es brauchtest. Man hatte dir dein eigenes gestohlen. Die Polizei war hinter dir her, du entdecktest das Geld und nahmst es.«
»Ja.«
»Aber das Armband – warum nahmst du das auch noch mit?«
»Nun . . .«
»Weil es dalag. So wenig zu übersehen wie der Mount Everest. Ich werde mich noch daran gewöhnen. Bernie?«
»Ja?«
»Ach nichts. Gute Nacht!«
»Gute Nacht.«

10

Es war eines dieser geschwätzigen morgendlichen Radioprogramme, wo man mehr über das Wetter und den Verkehr erfährt, als man wissen möchte. Auf dem Major Deegan Expressway war eine Verkehrsstauung, und es bestand eine dreißigprozentige Chance, daß es regnen würde.
»Mit dem Wetterbericht ist etwas höchst Seltsames passiert«, sagte ich zu Carolyn. »Ist dir eigentlich schon aufgefallen, daß sie einem gar nicht mehr genau sagen, wie das Wetter wird? Sie nennen nur noch die Prozente.«
»Ich weiß.«
»So machen sie nie einen Fehler, weil sie nichts riskieren. Wenn sie eine fünfprozentige Chance ankündigen, daß es schneien könnte, und man hinterher bis zum Bauch im Schnee steckt, dann heißt es einfach, daß es während dieser fünf Prozent eben heftiger als angenommen geschneit hat. Man hat aus dem Wetter eine Art himmlisches Lotteriespiel gemacht.«
»Hier ist noch ein Muffin, Bernie.«
»Danke.« Ich nahm es entgegen und bestrich es mit Butter. »Es hängt alles mit dem moralischen Verfall des Volkes zusammen«, sagte ich. »Lotteriescheine, illegales Wetten, Spielkasinos in Atlantic City. Kannst du mir verraten, was eine dreißigprozentige Möglichkeit für Regen bedeutet? Was mache ich da? Ein Drittel von einem Regenschirm mitnehmen?«

»Jetzt kommen die Nachrichten.«
Ich aß mein Muffin und trank Kaffee und lauschte auf die Nachrichten. Ich fühlte mich ganz ordentlich. Ich hatte tief und ungestört geschlafen, und Carolyns Morgenkaffee, der weder Zichorie noch ein Betäubungsmittel enthielt, tat ein übriges. Ich war hellwach.
So saß ich da und hörte staunend, wie ich mir über die Feuertreppe Zugang zu jenem Haus in der 66. Straße verschafft hatte und zuerst in der Wohnung im dritten Stock eingebrochen war, die einem gewissen Mr. Arthur Blinn und seiner Frau gehörte. Ich hatte eine nicht näher genannte Geldsumme gestohlen, ein Diamantenarmband, eine Piaget-Armbanduhr, verschiedene Schmuckstücke und einen Zobelmantel. Dann war ich eine Treppe tiefer gegangen, in die Wohnung 3-D, wo Madeleine Porlock mich bei meinem einbrecherischen Tun erwischte, weshalb ich sie mit einer 32er Automatik erschoß. Ich hatte die Pistole zurückgelassen und war mit meiner Beute über die Feuertreppe geflüchtet, Sekunden bevor die Polizei auf der Bildfläche erschien.
Als der Sprecher sich anderen Themen zuwandte, stellte ich das Radio ab. Carolyn hatte einen komischen Gesichtsausdruck. Ich langte in die Hosentasche und holte das Armband hervor. Ich ließ es vor ihr auf den Tisch fallen. Sie drehte es hin und her, so daß sich das Licht in den Steinen brach.
»Hübsch«, sagte sie. »Was ist es wert?«
»Vermutlich kann ich ein paar hundert dafür kriegen. Art Deco ist heutzutage sehr gefragt. Aber ich nahm es nur mit, weil es mir gefiel.«
»Hm-hm. Wie sieht der Mantel aus?«
»Ich habe in die Schränke nicht einmal hineingesehen. Ach, dachtest du etwa . . .« Ich schüttelte den Kopf. »Noch ein Beweis für den moralischen Verfall unseres Volkes«, sagte ich. »Ich nahm nur das Geld und das Armband, Carolyn. Der Rest gehört zu einem kleinen Versicherungsbetrug, den die netten Blinns mir anhängten.«
»Du meinst . . .«
»Genau. Sie fanden, daß sie jahrelang die Prämien bezahlt hatten, warum dann nicht Kapital schlagen aus einem Einbruch, auf den sie immer gehofft haben? Ein Pelzmantel, eine

Uhr, Schmuck, und natürlich werden sie auch behaupten, daß mehr Bargeld gestohlen wurde. Selbst wenn die Versicherung knickrig ist, machen sie immer noch einen Schnitt von vier-, fünftausend Dollar.«

»Mein Gott!« rief sie. »Heutzutage sind alle Leute Verbrecher.«

»Nicht ganz. Aber manchmal sieht es so aus.«

Ich hatte zwar gestern Whelkins Nummer häufig genug gewählt, aber jetzt fiel mir die Nummer nicht mehr ein. Im Telefonbuch stand er nicht, und die Auskunft wußte sie auch nicht.

»Die Nachrichten bringen nur immer eine Zusammenfassung«, meinte Carolyn. »Ich hole mal die *Times*. Vielleicht steht da noch was Interessantes drin.«

Zehn Minuten später war sie wieder da. Sie hatte auch noch die *News* mitgebracht. Die Reporter wußten auch nicht mehr. Zumindest nicht viel mehr.

»Nicht sehr viel«, sagte ich.

»Aber doch etwas. Um wen willst du dich kümmern: um Whelkin oder die Dame Porlock?«

»Mußt du keine Pudel trimmen?«

»Ich nehme Whelkin. Du kriegst Lady Porlock. Okay, Bernie?«

»Okay.«

»Ich fahre mal rüber zu seinem Club. Vielleicht finde ich etwas raus. Und du bleibst schön hier zu Hause.«

»Ich werde mich telefonisch etwas umhören.«

»Klingt gut.«

»Vielleicht bete ich auch mal.«

»Zu wem? Zum heiligen Dismas?«

»Könnte nicht schaden.«

»Oder zu dem Typ, der für Fundsachen zuständig ist. Schließlich wollen wir das Buch wiederbekommen.«

»Das ist Antonius von Padua. Allerdings dachte ich mehr an den heiligen Raymond Nonnatus, den Schirmherrn der fälschlich Beschuldigten.«

»Das hast du erfunden!« sagte sie und sah mich mißtrauisch an.

»Das ist eine falsche Beschuldigung, Carolyn.«

»Du hast ihn nicht erfunden?«
»Nein.«
»Dann bete zu ihm! Um Gottes willen, bete zu ihm!«

Kaum war sie verschwunden, klingelte das Telefon. Es klingelte fünfmal. Gerade als ich die *Times* wieder in die Hand nahm, klingelte es erneut – zwölfmal. Ich rührte mich nicht.
In der *Times* wurde Madeleine Porlocks Alter mit zweiundvierzig angegeben. Sie sei Psychotherapeutin gewesen.
In der *Daily News* stand dasselbe Alter, aber womit sie sich ihren Lebensunterhalt verdient hatte, verriet man nicht.
Vielleicht war Whelkin ihr Patient gewesen. Er erzählte ihr von seinem Plan, sie hypnotisierte ihn, daß er mich anrufen sollte, und als er aus der Hypnose erwachte, tötete er sie und verschwand mit dem Buch . . .
Ich versuchte, bei beiden Zeitungen Näheres über die Tote zu erfahren, zog aber beidesmal eine Niete.
Gerade, als ich aufgelegt hatte, klingelte das Telefon zum drittenmal. Ich ließ es läuten und kochte mir inzwischen Kaffee. Denn es meldete sich noch einmal. Dann beschloß ich die Polizei anzurufen. Ich gab mich als Phil Urbanik von der *Minneapolis Tribune* aus. Es nützte nicht viel. Die wußten auch nur, daß Madeleine Porlock tot war. Nach vielem Hin und Her landete ich schließlich bei einem Typ, der noch ein wenig mehr wußte.
»Keine Frage«, sagte er. »Rhodenbarr brachte sie um. Der wird auch allmählich alt. Überall waren seine Fingerabdrücke. Früher trug er Gummihandschuhe mit herausgeschnittenen Handballen.«
»Woher wissen Sie das denn?«
»Steht alles in seiner Akte.«
»Und was ist mit der Automatik?«
»Vielleicht fand er die. Wir konnten noch nicht feststellen, wem sie gehört. Vielleicht hat er sie oben bei dem Ehepaar geklaut. Aber die würden nie zugeben, daß sie eine Waffe besaßen. Sie ist nicht registriert. Warum interessieren Sie sich so für sie?«
»Rein sachlich.«
»Minneapolis, sagten Sie?«

»Ja, klar«, antwortete ich glatt. »Damit habe ich einen guten Aufhänger für die Story. Kann ich schreiben, daß Sie kurz vor einer Verhaftung stehen?«
»Wir kriegen ihn«, versicherte er mir. »Ein Verbrecher wie dieser Rhodenbarr hat seine festen Gewohnheiten. Er hat seine Stammkneipen, wo er sich rumtreibt. Nur eine Frage der Zeit.«

Als sie die Eingangstür öffnete, stand ich dahinter. Sie trat ins Zimmer und rief dabei meinen Namen.
»Hinter dir«, sagte ich so freundlich wie möglich. Sie preßte erschrocken die Hand auf die Brust. »Mein Gott!« sagte sie. »Tu so was nicht wieder.«
»Entschuldige. Ich wußte nicht, ob du es warst.«
»Wer denn sonst?«
»Vielleicht Randy.«
»Randy?« Die Katzen erschienen und rieben sich an ihren Beinen. »Hat sie etwa angerufen?«
»Schon möglich. Es hat mehrmals geklingelt. Aber ich habe nicht abgenommen.«
»Ich ahnte es. Ich habe selbst zweimal angerufen. Als du nicht abnahmst, dachte ich mir schon so was. Aber ich dachte auch, daß du womöglich Platzangst bekommen hättest und weggegangen wärst. Deshalb erschrak ich so, weil du plötzlich hinter mir standst.«
»Tut mir leid.«
»Wie spät ist es? Fast zwei? Ich habe ein paar Neuigkeiten. Was soll denn das?«
»Ich möchte, daß du für mich einen Anruf erledigst.« Sie nahm das Blatt Papier, das ich ihr hinhielt. »Bitte, ruf bei der *Times* an und gib diese Annonce auf.«
Sie las: »Kipling-Gesellschaft hat noch Platz frei für Fahrt nach Fort Bucklow. Tel. 989-5440. He – das ist meine Nummer.«
»Warum nicht?«
»Wenn jemand das liest und herkommt!«
»Wie denn? Deine Nummer steht nicht im Telefonbuch.«
»Nein. Ich bin die Untermieterin von Nathan Aranow. Aber der steht drin.«
»Wie soll man den denn rausfinden?«

»Man kann nicht die Adresse durch die Nummer bekommen?«
»Nein. – Hör zu: Eine Menge Leute sind hinter dem Buch her. Und nur einer weiß, daß ich es nicht habe. Also tun wir weiter so, als besäße ich es noch. Vielleicht wird sich der eine oder andere mit mir in Verbindung setzen, und dann kriege ich raus, was eigentlich gespielt wird.«
»Warum gibst du sie nicht selbst auf?«
»Weil man zur Kontrolle einen Rückruf macht. Wie soll ich wissen, ob die Zeitung anruft und nicht jemand anders? Vielleicht verrückt, aber mir kam es vernünftiger vor, auf deine Rückkehr zu warten.«
Gerade als sie nach dem Hörer greifen wollte, klingelte das Telefon. Sie nahm ab. »Hallo?« Dann sagte sie: »Hör mal, ich kann jetzt nicht reden. Wo steckst du?« Pause. »Nicht allein? Natürlich bin ich allein!« Pause. »Ich war in der *Pudelfabrik*. Na ja, nicht die ganze Zeit.« Pause. »Verdammt, jetzt kann ich nicht . . .« Sie legte auf und sah mich verzweifelt an. »Sie hat eingehängt.«
»Randy?«
»Wer sonst? Sie versuchte den ganzen Vormittag, mich zu erreichen . . .« Ihr Mund verzog sich zu einem breiten zufriedenen Grinsen. »Na so was. Die Gans ist eifersüchtig.«
»Ist das was Gutes?«
»Besser könnte es nicht sein!« Das Telefon läutete wieder, und wieder war Randy am Apparat. Ich achtete nicht sonderlich auf das Gespräch. Es endete damit, daß Carolyn sagte: »Du möchtest wissen, wer bei mir ist? Natürlich meine Tante aus Bath Beach. Glaubst du, du bist die einzige, die so eine Tante hat?« Sie legte auf, strahlender Laune. »Jetzt gebe ich die Anzeige auf. Sofort. Ehe sie wieder anrufen kann. Unglaublich, wie eifersüchtig sie ist!«
Sie gab die Anzeige auf, die Zeitung rief zur Kontrolle zurück, und während sie den Tisch zum Mittagessen deckte, läutete es wieder. »Das ist Randy«, sagte sie. »Ich nehme nicht ab. Hat es heute vormittag oft geklingelt?«
»Etwa acht oder zehn Mal.«
»Hast du über Madeleine Porlock was rausgefunden?« Ich berichtete.

»Nicht viel«, bemerkte sie dann.
»Eigentlich so gut wie gar nichts.«
»Über unseren Freund Whelkin habe ich ein paar Dinge erfahren. Er ist im *Martingale-Club* nicht Mitglied.«
»Unsinn. Ich habe doch dort mit ihm gegessen.«
»Der *Martingale* gewährt Mitgliedern von drei englischen Clubs Gastrecht: dem *White, Poindexter* und dem *Dolphin*. Das erzählte mir der Klubmanager.«
»Aha.«
»Ich dachte, er sei Amerikaner.«
»Ist er auch. Den englischen Akzent hat er sich wahrscheinlich in der Schule zugelegt, als er in England war. Er sprach von einer Reise nach London, zu einer Auktion. Er sprach von den Engländern als von ›unseren Vettern jenseits des Teiches‹.«
»Tatsächlich?«
»Tatsächlich. Vielleicht ist er ein Amerikaner, der zu einem Londoner Club gehört und so als Gast im *Martingale* aufgenommen wurde. So was ist möglich.«
»Schon. Aber es stinkt!«
»Mein Gott, je länger ich darüber nachdenke, desto mehr stinkt es. Ich habe das Buch geklaut, ohne irgendeine Anzahlung zu verlangen. Der ganze Quatsch mit Kipling und Haggard, mit dem er mich einwickelte!«
»Glaubst du, er hat dich belogen?«
»Das auch wieder nicht. Eine Zeitlang dachte ich, ob es vielleicht eine Fälschung sei. Aber das wäre zu kompliziert und teuer.«
»Vielleicht ist das Buch auch mehr wert als die fünfzehntausend, die Whelkin dir bot.«
»Möglich. Nur – das ist egal, ich habe sie ja nicht mal von weitem zu sehen bekommen.« Ich seufzte. »Nein, ich weiß, wenn ein Buch alt und wertvoll ist. Ich habe in meinem Laden täglich damit zu tun.«
»Da fällt mir übrigens was ein: Dein Laden wird bewacht.«
»Von wem?«
»Zwischendurch war ich auch in der *Pudelfabrik*. Ich mußte einen Hund baden, weil ich den Besitzer nicht erreichen und absagen konnte. Gegenüber von deinem Laden stand ein Auto. Als ich das zweite Mal vorbeiging, saß immer noch

derselbe Mann drin.«
»Hast du ihn dir genau angesehen?«
»Nein. Die Autonummer habe ich auch nicht.«
»Vermutlich ein Polizeiwagen. Sicherlich wird auch meine Wohnung bewacht.«
»Wir sind befreundet. Du bist schon oft hiergewesen. Wenn die Polizei sich gründlicher umhört, wird sie auch das herausfinden.«
»Hoffentlich nicht.«

11

Um Viertel nach sechs saß ich in der *Red Flame* an der Theke und trank eine Tasse Kaffee. Von dort aus hatte ich einen guten Blick auf die Straße und das Haus, in dem ich wohnte, einen Blick weiter die Straße hinauf. Etwas früher hatte ich mich ein Stück den Bürgersteig hinaufgewagt, hatte aber nicht feststellen können, ob die Polizei es überwachte. Näher ranzugehen wollte ich nicht riskieren.
Der Barmixer gähnte und kratzte sich am Kopf. Ich sah wohl zum vierzigsten Mal zum Fenster hinaus. Plötzlich entdeckte ich Carolyn, einen halben Block entfernt, in der Hand meinen kleinen Koffer, wie sie die West End entlangkam. Ich zahlte und stürzte hinaus.
Sie strahlte. »Kinderleicht«, sagte sie. »Wirklich, Bernie. So ein Einbruch ist kein Problem.«
»Du hattest meine Schlüssel«, erinnerte ich.
»Ja, das war natürlich eine Hilfe.«
»Du hattest keine Schwierigkeiten, ins Gebäude hineinzukommen?«
Sie schüttelte den Kopf. »Mrs. Hesch war großartig. Der Portier fragte bei ihr über die Sprechanlage an, und sie bat ihn, mich raufzuschicken. Sie wartete beim Aufzug.«
Ich hatte Mrs. Hesch angerufen, um die Sache mit ihr zu besprechen. Sie war Witwe und wohnte auf dem Flur gegenüber von mir und schien zu glauben, daß Einbruch eine Art Charakterfehler war, den man bei einem Freund und Nach-

barn übersehen konnte.
»Sie hätte nicht auf dich zu warten brauchen«, sagte ich.
»Sie wollte sich überzeugen, daß ich auch in die richtige Wohnung ging. Sie macht sich Sorgen um dich, Bern.«
»Ich mache mir auch Sorgen um *mich*.«
»Sie ist auf jeden Fall überzeugt, daß du niemanden umgebracht hast.«
»Wie nett von ihr.«
»Ich glaube, sie mag mich. Sie bot mir Kaffee an, aber ich sagte, ich hätte keine Zeit.«
»Sie kocht guten Kaffee.«
»Das behauptete sie auch. Wir unterhielten uns nur ein paar Minuten. Dann zog ich los und brach in deine Wohnung ein.« Sie deutete auf den Koffer. »Ich glaube, ich habe alles. Die Einbruchswerkzeuge, die Taschenlampe, alles, was du haben wolltest. Und Hemden und Socken und Unterwäsche. Im Hemdenfach war etwas Bargeld. Achtunddreißig Dollar.«
»Tatsächlich?«
»Ich nahm es mit. Du sagtest, daß du Bargeld immer mitnimmst. Also machte ich es genauso.«
»Ein gutes Prinzip. Ich fürchte, wir werden nie ein Taxi erwischen.«
»Bei dem Regen bestimmt nicht. Wie wär's mit der U-Bahn?«
»Zu viele Leute. Im Bus auch. Zum Teufel, ich besorge uns ein Auto.«

Der Pontiac stand noch da, wo ich ihn abgestellt hatte. Ich knackte die Tür an der Beifahrerseite und ließ Carolyn einsteigen. Dann zog ich den Strafzettel unter dem Scheibenwischer hervor, während Carolyn sich herüberbeugte, um meine Tür zu entriegeln.
»Habe ich Ihnen nicht gesagt, Sie würden einen Strafzettel bekommen?« rief jemand hinter mir.
Zuerst erkannte ich den Mann nicht gleich. Dann sah ich den Hund, den er an der Leine führte, und erinnerte mich.
»Irgendwann wird man Sie abschleppen«, sagte der Mann. »Und was dann?«
»Dann besorge ich mir einen anderen Wagen.«
Er schüttelte den Kopf und zerrte den Hund weiter. »Komm,

Max«, sagte er dabei. »Manche Leute lernen es nie.«
Carolyn beobachtete fasziniert, wie ich den Motor kurzschloß, und fragte, während wir losfuhren, wer der Mann gewesen sei.
»Er wollte nur helfen«, sagte ich. »Aber er ist eine Pest. Der Hund heißt Max.«
»Den zu waschen, dürfte auch kein Vergnügen sein«, stellte sie fest.

Ich parkte den Pontiac an einer Bushaltestelle um die Ecke des Hauses, zu dem wir wollten, holte meine Werkzeuge aus dem Koffer und stieg aus. Den Koffer mit der Wäsche drin ließ ich auf dem Rücksitz liegen.
»Angenommen, der Wagen wird abgeschleppt«, bemerkte Carolyn, die ebenfalls ausgestiegen war. »Angenommen, deine Wäsche wird durch die Wäschezeichen identifiziert. Dann weiß die Polizei, daß . . .«
»Du siehst zuviel fern«, unterbrach ich sie. »Sie schleppen die Wagen nur zum Hudson-Pier ab und warten, bis sich der Besitzer meldet. Der Wagen wird nicht durchsucht. Selbst wenn eine Leiche im Kofferraum läge, würden sie es nicht feststellen.«
»Ich wünschte, das hättest du nicht gesagt.«
»Es ist aber keine Leiche im Kofferraum.«
»Woher weißt du das?«
Wir bogen um die Ecke. Niemand schien das elegante kleine Ziegelhaus zu beobachten. An einem Parterrefenster war eine Frau zu sehen, die mit einer kupfernen Blumengießkanne Grünpflanzen begoß – eine friedlich, bürgerliche Szene. Ich kam mir wie ein Streuner in einem viktorianischen Roman vor.
Wir betraten die Eingangshalle. »Du mußt aber nicht mitkommen«, sagte ich. »Du könntest im Wagen warten.«
»Großartig. Da fühle ich mich sicher: in einem gestohlenen Wagen, der an einer Bushaltestelle steht.«
»Du könntest eine halbe Stunde in der Bar an der Ecke warten. Angenommen, in der Wohnung ist ein Haufen Polizei?«
»Klingle endlich, Bernie!«
»Ich möchte einfach nicht, daß du in Schwierigkeiten gerätst!«

»Wir haben alles genau besprochen, Bernie, und es klang doch ganz vernünftig. Und das tut es noch. Ich bleibe bei den beiden, damit sie keine Dummheiten machen, während du unten bist . . . also klingle!«
Zuerst drückte ich auf den Knopf unter dem Namensschild *Porlock*. Es blieb alles still. Eigentlich hatte ich auch nichts anderes erwartet. Dann drückte ich auf den Knopf unter dem Namen *Blinn*, einmal lang, zweimal kurz, und der Türöffner summte fast sofort danach. Ich drückte die Tür auf.
»Verdammt!« sagte Carolyn. Ich sah sie fragend an. »Na«, sagte sie, »ich dachte, ich könnte dir dabei zusehen, wie du sie aufbrichst. Das ist alles.«
Wir gingen die Treppe hinauf. Im zweiten Stock blieben wir kurz stehen und warfen einen Blick auf die Tür zu 3-D. Ich hatte angenommen, daß die Polizei sie versiegelt hatte, und sie war tatsächlich vollgepflastert mit amtlich aussehendem Zeug. Natürlich hätte ich sie öffnen können, ein Kinderspiel, aber dann hätte ich die Siegel zerstört und es wäre offensichtlich gewesen, daß jemand eingebrochen war.
Statt dessen gingen wir noch einen Stock höher. Die Tür von 4-C war zu. Carolyn und ich sahen uns an. Dann streckte ich die Hand aus und klopfte.
Die Tür öffnete sich. Arthur Blinn stand auf der Schwelle, die eine Hand auf dem Türknopf. Mit der anderen winkte er uns, einzutreten. »Kommen Sie herein! Kommen Sie herein!« rief er drängend. Er hatte es so eilig, die Tür wieder zu schließen, daß er Carolyn beinahe eingeklemmt hätte. »Es ist alles in Ordnung, Gert«, rief er seiner Frau zu. »Es ist nur der Einbrecher!«

Sie waren ein reizendes Paar, beide kaum einen Meter fünfundsechzig groß und verspielt und rund wie Pandabären. Sie hatten dunkelbraunes lockiges Haar, er allerdings vorn an der Stirn schon etwas gelichtet. Sie trug einen waldgrünen Hosenanzug, er einen grauen Straßenanzug mit am Hals offenem weißem Hemd und gelockerter Krawatte. Sie schenkte uns Kaffee ein, und er sagte wieder und immer wieder, wie erleichtert er über unser Kommen sei.
»Denn, habe ich zu meiner Frau gesagt«, berichtete er, »ange-

nommen, es ist eine Falle? Angenommen, die Versicherung will uns bluffen? Ehrlich, Mr. Rhodenbarr, wer hat schon mal von so was gehört? Ein Einbrecher ruft an und erzählt, er sei der freundliche Mensch, der uns beklaut habe, und wenn wir ihm helfen, würde er nicht zur Versicherung laufen und ihnen erzählen, daß wir geschwindelt haben. Ich dachte mir, daß ein Einbrecher wie Sie, der wegen Mordes und was noch allem gesucht wird, sich nicht selbst verrät, indem er die Tatsache an die große Glocke hängt, daß er weder die Uhr noch den Pelzmantel stahl.«

»Und *ich* fragte mich«, mischte sich seine Frau ein, »warum Sie überhaupt zu uns kommen wollten. ›Er will Zeugen unschädlich machen‹, sagte ich zu meinem Mann. ›Erinnere dich, er hat schon einen Mord auf dem Gewissen.‹«

»Aber ich meinte, was wir denn schon groß beobachtet hätten! Wir konnten nur hoffen, daß alles stimmte und uns der Einbrecher tatsächlich besuchen wollte. Ein Versicherungsschnüffler wäre das letzte gewesen, was wir hätten brauchen können.«

»Bernie hat niemand umgebracht, Mrs. Blinn.«

»Nennen Sie mich doch Gert, meine Liebe.«

»Er hat niemand getötet, Gert!«

»Glaube ich Ihnen ja, meine Liebe. Seit ich ihn kenne, seit ich Sie beide kenne, bin ich völlig beruhigt.«

»Es war eine Falle, Gert. Darum sind wir hier. Um herauszufinden, wer Madeleine Porlock tatsächlich ermordete.«

»Wenn wir es wüßten«, sagte Arthur Blinn, »würden wir es Ihnen nicht verheimlichen, glauben Sie mir.«

»Sie wohnte im selben Gebäude. Sie müssen sie doch gekannt haben.«

Die Blinns sahen sich an und zuckten mit den Schultern.

»Sie wohnte nicht direkt unter uns«, erklärte Gert. »So konnten wir nicht hören, ob sie Musik spielte oder viele Gäste hatte und so weiter.«

»Wie zum Beispiel Mr. Mboka«, sagte Arthur.

»In 3-C«, ergänzte Gert. »Er ist Afrikaner, wissen Sie, und arbeitet bei der UNO. Angeblich ist er Übersetzer.«

»Er trommelt«, sagte Arthur.

»Das wissen wir nicht genau, Artie«, sagte seine Frau. »Entwe-

der er trommelt, oder er spielt Trommelplatten.«
»Was ist der Unterschied?«
»Aber wir haben uns nicht beschwert, weil es ja was Religiöses sein könnte. Da möchten wir uns nicht einmischen.«
»Außerdem hält ihn meine liebe Gert für einen Kannibalen und hat Angst vor ihm.«
»Was für ein Unsinn!« protestierte Gert.
Ich räusperte mich. »Vielleicht könnten Sie sich mit Carolyn ein wenig über Madeleine Porlock unterhalten. *Ich* möchte Sie bitten, mich einen Augenblick zu entschuldigen.«
»Wollen Sie die Toilette benützen?«
»Nein, die Feuertreppe.«
Diesmal war ich entsprechend ausgerüstet. Ich hatte meinen Glasschneider und eine Rolle Leukoplast dabei, und so konnte ich schnell und leise eine Scheibe aus einem Fenster der Wohnung der Porlock entfernen. Ich öffnete den Riegel, schob das Fenster hoch und stieg hinein.

»Hören Sie's?« fragte Gert. »Das meinte ich vorhin.«
Sie nickte. »Es ist dieser Mboka. Also – trommelt er tatsächlich, oder ist es eine Platte? Ich merke keinen Unterschied.«
»Er hat den Lärm schon gemacht, während du unten warst«, warf Carolyn ein. »Ich persönlich glaube, daß es keine Aufnahme ist.«
Ich sagte, ich wisse es nicht und daß ich in der Porlockschen Wohnung nichts gehört habe.
»Durch die Wände hört man nie was«, bemerkte Artie. »Die Geräusche dringen immer durch die Decken.«
Wir hatten Mühe, wegzukommen. Sie bombardierten uns mit Keksen, drängten uns immer noch eine Tasse Kaffee auf und stellten ernsthafte Fragen über mich und das Einbrechen. Schließlich gelang es uns doch, uns bis zur Eingangstür vorzukämpfen. Beim Verabschieden nahm mich Artie beiseite und fragte: »Bernie, sind wir jetzt quitt?«
»Selbstverständlich.«
»Was die Versicherungsgesellschaft betrifft . . .«
»Nur keine Sorge: Der Pelzmantel, die Uhr, das andere Zeug: Ich werde Ihre Ansprüche bestätigen.«
»Da bin ich aber erleichtert«, sagte er. »Wir müssen verrückt

gewesen sein, als wir so was behaupteten. Aber es jetzt rückgängig zu machen, würde sehr dumm aussehen . . . Die Sache ist die, Bernie, während Sie unten waren, überlegte Gert, was wohl aus dem Armband geworden ist.«
»Wieso?«
»Das Sie mitnahmen. Es gehört Gert. Ich glaube, es ist nicht viel wert.«
»Ein paar hundert.«
»Doch soviel? Es stammt von ihrer Mutter. Ich würde gern wissen, ob eine Möglichkeit besteht, daß wir's wiederbekommen?«
»Ach, jetzt begreife ich! Also, Artie, im Augenblick bin ich ziemlich unter Druck.«
»Das kann ich mir vorstellen.«
»Wenn sich die Lage wieder normalisiert hat, läßt sich bestimmt was machen.«
Er klopfte mir auf die Schulter. »Großartig«, sagte er. »Erledigen Sie nur alles in Ruhe. Wir haben keine Eile.«

12

Der Pontiac, ohne Strafzettel, wartete friedlich an der Bushaltestelle. Der Koffer lag auf dem Boden vor den Rücksitzen, so wie ich ihn hingelegt hatte. Carolyn war erstaunt, aber ich hatte es nicht anders erwartet. Der Wagen hatte etwas, das einen zuversichtlich machte.
Unterwegs erzählte Carolyn, daß Gert ihr draußen in der Küche doch noch ein paar nette Details über Madeleine Porlock verraten habe.
»Gert wußte nichts Genaues, aber jedesmal, wenn sie die Porlock im Treppenhaus sah, war die mit einem Mann zusammen, fast immer ein anderer. Auf diese Weise soll sie auch die Miete bezahlt haben. Ob sie tatsächlich ein Callgirl war, konnte Gert nicht sagen.«
»Würde mich nicht überraschen.«
»Mich schon. Du hast sie völlig anders geschildert.«
»Aber du hast ihre Schränke und Schubladen nicht gesehen.«

Ein Taxi bremste vor uns, ich scherte im letzten Augenblick aus und überholte es. Keine Frage, der Pontiac und ich waren füreinander gemacht. »Einen Haufen Sexwäsche«, fügte ich hinzu. »Rote Schleier und schwarze Spitze.«

»Mögen die Männer so was wirklich?«

»Müssen sie wohl. Stiefel mit Pfennigabsätzen, Korsetts, Lederzeug, sogar eisenbeschlagene Arm- und Knöchelreifen.«

»Allmählich sehen wir klarer, was?«

»Ja. Erstaunlich, daß nichts davon in den Zeitungen stand. Aber auf den ersten Blick war es nicht zu erkennen. Als ich zum ersten Mal in ihrer Wohnung war, sah ich nur ein geschmackvoll eingerichtetes Wohnzimmer, und für die Polizei war der Fall klar: Der Einbrecher hatte sie erschossen, weil sie ihn in ihrer Wohnung überraschte. Es gab keinen Grund, sie zu durchsuchen. Und sie wohnte auch dort, es waren nicht nur ihre Arbeitsräume. Straßenkleider hingen auch da, Geschirr stand in der Küche und so weiter.«

»Hast du Geld gefunden? Schmuck?«

»In der Küche stand ein Topf mit Kleingeld, in einer Nachttischschublade lag etwas Schmuck, nichts Besonderes. Ich nahm nichts mit, wenn es das ist, was du wissen möchtest.«

»Ich war nur neugierig.«

»Einen Augenblick lang überlegte ich, ob ich dir ein Geschenk mitbringen sollte – eine Pelzjacke. Sie war wirklich schick.«

»Ich mag keine Pelze.«

»Sie war Spitzenklasse – mit einem Etikett von Arvin Tannenbaum. Kanadischer Luchs, wenn ich mich nicht irre.«

»Luchs ist auch eine Katze. Ich will nichts davon hören.«

Ich wechselte das Thema. »Die Perücke fand ich auch«, sagte ich hastig. »Die orangefarbene, mit der sie in meinen Laden kam. Also doch keine Halluzination von mir. Sie war es, die Vergils *Eklogen* kaufte.«

»Sie muß Angst gehabt haben, daß du sie erkennen würdest.«

Ich nickte. »Vermutlich befürchtete sie, daß Whelkin sie sehen könnte. Sie müssen sich gekannt haben, denn er schickte mich schließlich in ihre Wohnung. Ich wünschte, ich hätte einen handfesteren Beweis, daß sie sich kannten.«

»Was, zum Beispiel?«

»Fotos. Ich hatte gehofft, ein paar Schnappschüsse zu finden.

Leute mit Schränken voll Peitschen und Ketten und so was machen gewöhnlich auch Polaroidbilder. Nicht eines konnte ich entdecken.«
»Der Mörder kann sie mitgenommen haben.«
»Möglich.«
»Oder es gab keine.«
»Kann sein. Denn eine Kamera habe ich auch nicht entdeckt.«
Ich bog in die 14. Straße ein. Carolyn sah mich seltsam an. Bei einem Rotlicht mußte ich bremsen und wandte ihr fragend das Gesicht zu. »Du weißt etwas, das ich nicht weiß«, sagte sie.
»Das bildest du dir ein.«
»Glaube ich nicht. Vorhin warst du nervös, jetzt bist du entspannt und heiter.«
»Nur Selbstvertrauen und ein gewisses Gefühl des Wohlbehagens«, antwortete ich. »Keine Sorge – das geht vorüber.«
Wir fanden einen Parkplatz um die Ecke von ihrer Wohnung, ich stellte den Pontiac dort ab, nahm den kleinen Koffer, und wir gingen hinauf in ihre Wohnung. Die Katzen begrüßten uns schnurrend.
»Ich finde, wir brauchen einen Schluck, Bernie«, sagte Carolyn. »Was möchtest du haben?«
»Scotch mit Eis, ohne Soda.«
Ich packte den Koffer aus, während sie die Drinks machte. Dann setzte ich mich und nippte an dem Scotch, den sie mir brachte. Noch ehe er eine erste Wirkung haben konnte, sprang ich wieder auf die Füße. Carolyn zog fragend eine Braue hoch.
»Der Wagen«, sagte ich. »Ich möchte ihn zurückstellen.«
»Du machst wohl Spaß!«
»Er war mir eine große Hilfe. Ihn zurückzubringen ist eine Art Dank dafür.« An der Wohnungstür blieb ich kurz stehen und langte unter meine Jacke. Im Hosenbund steckte ein Buch. Ich reichte es ihr. »Da hast du was zu lesen, während ich weg bin. Es sind nicht Vergils *Eklogen*.«

13

Ich hatte ein gutes Gefühl, weil ich den Wagen zurückbrachte. Man spuckt nicht auf sein Glück, dachte ich, und mir fielen Geschichten von Fußballspielern ein, die die Socken nicht wechselten, solange ihr Team eine Glückssträhne hatte. Ich könnte meine Socken auch mal wechseln, Glückssträhne hin oder her. Und duschen könnte auch nichts schaden.

Ich fuhr die Tenth Avenue Richtung Central Park, und in der Nähe der vierzigsten Straße warf ich einen Blick auf die Benzinuhr. Der Tank war noch halb voll. Aber ich wollte dem Besitzer eine Freude machen und tankte auf. Auch das Öl ließ ich nachsehen. Es fehlte ein halber Liter. Den spendierte ich ebenfalls.

Mein Platz vor dem Hydranten war leer. Ich parkte, ohne daß Max oder sein Besitzer sich zeigten. Ich klemmte den Draht ab, verschloß den Wagen und trottete zur West End Avenue. Es regnete leicht, trotzdem mußte ich nicht lange warten, bis ich ein Taxi erwischte. Es war ein Checker, Platz genug, die Beine bequem auszustrecken. Das Blatt hatte sich gewendet, die Sterne standen günstig. Ich spürte es.

Carolyn empfing mich mit der Bemerkung: »Du steckst voller Überraschungen.«

»Das ist ein Teil meines Charmes«, antwortete ich.

»Um dir die Wahrheit zu sagen, ich hatte für Gedichte nie viel übrig. Mir fehlt die Antenne dafür. Wo fandest du das Buch?«

»In ihrer Wohnung. In einem Schuhkarton im Schrank.«

»Eine schöne Überraschung.«

»Kann man wohl sagen.«

»*Die Befreiung von Fort Bucklow.* Ich habe nur die ersten paar Seiten überflogen. Dann legte ich es weg, weil ich das Gefühl hatte, es würde nicht besser.«

»Da hast du recht.«

»Wieso wußtest du, daß es da war?«

Ich ging in die Küchenecke und machte uns was zu trinken. Dann reichte ich Carolyn ihr Glas und gestand ihr dabei, daß ich keine Ahnung von dem Vorhandensein des Buchs gehabt hatte. »Wenn man nicht weiß, nach was man suchen soll«, sagte ich, »hat man einen großen Vorteil, weil man auch nicht

weiß, was man finden wird.«
»Allmählich merke ich, wieviel Glück du im Leben hast. Erst inserierst du und tust so, als hättest du das Buch, dann machst du einen Schuhkarton auf, und da liegt es drin. Warum hat der Mörder das gemacht?«
»Er war es nicht. Er hätte es mitgenommen.«
»Die Porlock etwa?«
»Muß sie wohl. Erst betäubte sie mich, dann durchsuchte sie mich, fand das Buch und versteckte es, ehe sie ihren Mörder einließ. Also war sie allein mit mir in der Wohnung, sonst hätte man sie beobachtet. Sie ließ den Mann ein, er tötete sie, schob mir die Pistole in die Hand und verschwand.«
»Ohne das Buch.«
»Genau.«
»Warum wollte er sie dann töten?«
»Vielleicht hat der Mord mit dem Buch nichts zu tun! Vielleicht gab es ein anderes Motiv.«
»Und rein zufällig erschien er ausgerechnet in jenem Augenblick und hängte dir den Mord an, weil du gerade da warst.«
»Mir ist die ganze Geschichte noch nicht richtig klar.«
»Das Gefühl habe ich auch.«
»Möglicherweise ermordete er sie erst und begann dann nach dem Buch zu suchen – ohne Ergebnis. Nur sieht die Wohnung nicht so aus, als habe jemand darin herumgekramt. Alles war sehr ordentlich, nur die Leiche auf dem Sofa . . . ich meine, als ich aus der Betäubung erwachte. Heute abend war natürlich keine Leiche da.«
»Hast du im Kofferraum vom Pontiac nachgesehen?«
Ich warf ihr einen anzüglichen Blick zu. »Allerdings waren die Kreidemarkierungen noch da, wo die Leiche gelegen hatte. Ziemlich unheimlich.« Ich nahm das Buch und ging zu einem Sessel. Archie lag darin. Ich stellte mein Glas ab, legte das Buch daneben und nahm ihn herunter. Dann setzte ich mich. Er sprang mir auf den Schoß und musterte mich aufmerksam, während ich das Buch wieder in die Hand nahm und darin blätterte.
»Ich schwöre, er kann lesen«, sagte Carolyn. »Er sieht immer mit mir in die Zeitung, wenn ich drin lese.« Archie schnurrte wie eine leise Kreissäge.

»Eigentlich dachte ich, du magst lieber Hunde«, sagte ich.
»Wegen der *Pudelfabrik*?«
»Ja.«
»Ich hatte keine Wahl, Bernie. Schließlich konnte ich keinen Katzensalon eröffnen. Katzen putzen sich selbst.«
»Das ist allerdings ein Grund.«
Ich las noch ein wenig in dem Buch. Irgend etwas beschäftigte mich. Ich betrachtete das Deckblatt und las die handschriftliche Widmung für H. Rider Haggard. Im Geist sah ich Kipling am Schreibtisch sitzen, in Surrey, die Feder ins Tintenfaß tauchen und die Zeilen für seinen besten Freund schreiben. Dann schloß ich es und drehte es in meinen Händen hin und her.
»Stimmt was nicht?« fragte Carolyn.
Ich schüttelte den Kopf, legte das Buch weg, verscheuchte Archie und stand auf. »Ich bin wie eine deiner Katzen«, verkündete ich. »Es wird Zeit, daß ich mich putze. Ich werde mich mal duschen gehen.«

Kurze Zeit darauf saß ich wieder in meinem Sessel, in frischen Sachen, rasiert mit meinem eigenen Rasierapparat.
»Ich könnte eine neue Zeitung holen«, meinte Carolyn. »Es ist nach elf. Die *Times* muß mit ihrer ersten Ausgabe erschienen sein.«
Wir hatten gerade die Nachrichten gehört. Der Mord an Madeleine Porlock war nicht erwähnt worden. Ich meinte, daß auch in den Zeitungen nichts mehr stehen würde.
»Aber unsere Anzeige ist drin, Bern!«
»Welcher Zeitungsstand hat noch offen?«
»Der am U-Bahn-Eingang Ecke 14. Straße, Eigth Avenue.«
»Das ist zu weit.«
»Mir macht's nichts aus, hinzugehen.«
»Es regnet noch, und es ist wirklich sehr weit. Warum müssen wir die Anzeige denn sehen?«
»Um festzustellen, ob sie auch erschienen ist, nehme ich an.«
»Das ist kein Grund. Entweder entdeckt man sie oder nicht. Entweder ruft man an oder nicht. Wir können nur eines machen – warten.«
»Vermutlich.« Es klang zweifelnd. »Wir müßten doch irgend

etwas *tun* können!«
»Ich finde, wir haben schon ziemlich viel unternommen. Mir gefällt es, ruhig hier zu sitzen und abzuwarten. Vielleicht sollten wir noch ein Glas trinken und dann ins Bett gehen. Ich weiß nicht, ob die Leute die Kleinanzeigen in der *Times* lesen, aber ich bin ziemlich sicher, daß sie nicht losstürzen, um die neueste Ausgabe frisch aus der Presse zu erwischen, damit sie über vermißte Erben oder Versuchskaninchen für medizinische Experimente lesen können.«
»Stimmt natürlich.«
»Fürchte ich auch, Carolyn. Das Telefon wird so schnell nicht klingeln.«
Selbstverständlich läutete es genau in diesem Augenblick. Wir sahen uns an. Keiner rührte sich. Es klingelte weiter. »Nimm du ab«, sagte Carolyn dann.
»Warum ich?«
»Weil es wegen der Anzeige ist.«
»Ist es nicht.«
»Aber ja doch. Weswegen sonst?«
»Vielleicht falsch verbunden.«
»Um Gottes willen, Bernie . . .«
Ich stand auf und nahm ab. Erst nach einer Sekunde meldete ich mich. »Hallo!« sagte ich.
Keine Antwort.
Ich sagte noch mehrmals »Hallo«, starrte auf den stummen Hörer und legte schließlich auf.
»Interessantes Gespräch«, bemerkte Carolyn.
»Jedenfalls ist es gut, daß ich abnahm.«
»Jemand wollte herausfinden, wer die Anzeige aufgab. Jetzt hat man deine Stimme gehört und weiß Bescheid.«
»Du geheimnißt eine Menge hinein.«
»Vielleicht hätte ich doch selbst abnehmen sollen.«
»Und vielleicht war es doch nur eine falsche Nummer. Oder ein Verrückter. Allerdings habe ich kein Keuchen oder so was gehört.«
Plötzlich stand sie auf. »Ich trinke noch einen«, sagte sie. »Wie steht's mit dir?«
»Einen kleinen.«
»Sie wissen, daß du dahintersteckst, Bernie! Wenn sie jetzt

durch die Nummer die Adresse herausfinden . . .«
»Unmöglich.«
»Angenommen, es ist die Polizei. Die kann doch von der Telefongesellschaft verlangen, daß . . .«
»Vermutlich. Aber was weiß die Polizei über das Kipling-Exemplar?«
»Keine Ahnung.«
»Ganz meinerseits.«
Sie reichte mir den Drink, der etwas stärker ausgefallen war, als ich bestellt hatte, aber es war mir gleich. Ihre Nervosität war ansteckend. »Sicherlich hat sich nur jemand verwählt.« Es sollte tröstlich klingen, tat es aber nicht. »Wir wissen nicht mal, ob die Anzeige in der Frühausgabe überhaupt drinsteht.«
»Ich könnte schnell zur 14. Straße . . .«
»Sei nicht lächerlich!« Ich entdeckte mich dabei, wie ich wieder in dem Buch blätterte. Es erinnerte mich an eine ähnliche Situation, als ich in meiner eigenen Wohnung so dagesessen war, ein Glas neben mir, voll Triumph über den gelungenen Einbruch. Nun, ich hatte das Buch noch einmal gestohlen, nur das Siegesgefühl blieb aus.
Etwas nagte an mir. Ein kleiner Gedanke an der Ecke meines Bewußtseins . . .

Eine halbe Stunde nach dem Anruf machten wir unsere Betten. Das heißt, meines war bereit, Carolyn legte sich auf die Couch. Der Radiowecker spielte leisen Mantovani. Er würde sich in dreißig Minuten von selbst abstellen.
Ich war eben am Einschlafen, als ich Schritte hörte, die auf die Wohnungstür zukamen. Sie fielen mir nicht besonders auf, denn Carolyns Wohnung liegt im Parterre, und schon öfter waren Menschen vorbeigegangen, die in die nächsthöheren Stockwerke wollten. Diesmal blieb derjenige vor unserer Wohnungstür stehen, und als ich mir gerade darüber klar wurde, schob der Unbekannte bereits den Schlüssel ins Schloß. Ich setzte mich im Bett auf. Der Schlüssel drehte sich im Schloß. Neben mir saß plötzlich eine der Katzen, sie zitterte vor Aufregung. Während sich ein anderer Schlüssel in einem zweiten Schloß drehte, hörte ich, wie Carolyn sich bewegte und ängstlich meinen Namen rief.

Als die Tür aufging, waren wir beide auf den Beinen. Eine Hand langte nach dem Schalter für die Deckenlampe. Das Licht flammte auf. Blinzelnd standen wir da.

»Ich träume wohl«, sagte Randy. »Das kann doch nicht wahr sein!«

Schulterlanges kastanienbraunes Haar, eine hohe breite Stirn, ein langes ovales Gesicht. Große Augen, die jetzt noch größer waren, als ich sie in Erinnerung hatte, der Mund zu einem erstaunten O geformt.

»Mein Gott!« rief Carolyn. »Randy, es ist nicht so, wie du denkst!«

»Natürlich nicht. Ihr beide habt nur Canasta gespielt. Das Licht hattet ihr ausgeschaltet, weil ihr die Katzen nicht stören wolltet.«

»Du siehst das völlig falsch!«

»Ich weiß. Schrecklich, wie ich immer gleich Schlüsse ziehe! Wenigstens bist du warm angezogen, Bernie, du Ärmster, du zitterst ja in deinen Unterhosen. Warum kriecht ihr nicht zusammen unter die Decke und wärmt euch, Carolyn? *Mir* macht es nicht das geringste aus.

»Du verstehst das nicht, Randy.«

»Da gebe ich dir recht! Ich dachte, du wüßtest allmählich, wohin du gehörst. Ist es für eine Geschlechtskrise nicht ein wenig spät?«

»Verdammt, Randy . . .«

»Verdammt paßt genau. Ganz genau! Dachte ich mir doch, daß ich Bernies Stimme am Telefon erkannt hätte. Und da verschlug es mir die Sprache. Nachdem ich eingehängt hatte, sagte ich mir, daß nichts dabei sei, schließlich seid ihr Freunde, und ich fragte mich, warum ich so seltsam reagierte. Aber du weißt ja, Carolyn, was man sagt: Verrücktheit muß nicht bedeuten, daß es die kleinen grünen Männchen nicht doch gibt.«

»Willst du mir bitte zuhören?«

»Nein. *Du* hörst jetzt *mir* zu, du kleines Miststück! Ich sagte zu mir, was soll's, Miranda, du hast noch einen Schlüssel, geh hin und besuch die beiden. Dann merkst du gleich, wie idiotisch es war, so was zu denken. Oder vielleicht hast du Glück und Carolyn ist allein und wir versöhnen uns, und – verdammt,

Carolyn. Hier sind die Schlüssel. Ich werde nicht mehr so hereinplatzen. Da kannst du sicher sein!«
»Randy, ich . . .«
»Ich sagte, hier sind die Schlüssel. Und du hast noch meine. Ich möchte sie wiederhaben. Jetzt, wenn es dir nichts ausmacht.«
Wir versuchten, es ihr zu erklären, aber es war aussichtslos. Sie wollte nicht hören. Sie gab Carolyn die Schlüssel und steckte die eigenen ein und stürmte hinaus, die Tür hinter sich so heftig ins Schloß werfend, daß die Teller auf dem Küchentisch klirrten.
Carolyn und ich standen da und sahen uns an. Katze Ubi war unters Bett gekrochen, Kater Archie stand auf einem Sessel und ließ ein fragendes Miauen hören. Dann ging Carolyn zur Tür und machte sich daran, wieder ordentlich abzuschließen.

14

Die Kleinanzeigen standen zusammen mit Versandanzeigen und ein paar anderen hochwichtigen Informationen im zweiten Teil der *Times*. Unsere war die dritte und folgte auf die Bitte verzweifelter Eltern, daß sich ihre vierzehnjährige Tochter melden solle, die von zu Hause weggelaufen war.
Ich las unsere Anzeige mehrmals und fand, daß sie genau richtig war. Bis jetzt hatte sich noch niemand gemeldet, aber es war auch noch früh. Carolyn war bei Morgengrauen aufgestanden und hatte die Zeitung geholt, sobald die Katzen versorgt waren. Um diese Zeit lagen die Leute, die sich für unseren Fall interessierten, sicherlich noch in den Federn. Wenn sie allerdings wie Carolyn und ich schon beim Morgenkaffee saßen, hatten sie trotzdem noch ziemlich zu lesen, bis sie zu den Kleinanzeigen kamen. Allerdings war Samstag. Manche Leser ließen an diesem Tag die *Times* aus, um für die riesige Lektüre der Sonntagszeitungen gewappnet zu sein. Es konnte durchaus möglich sein, daß unsere potentiellen Kunden die Anzeige gar nicht entdeckten. Sie sollte zwar eine Woche lang täglich gebracht werden, aber wenn ich mir jetzt

diese paar Zeilen auf einer der hintersten Seiten betrachtete, war ich vom Erfolg unserer Aktion nicht mehr so überzeugt. Es würde ratsam sein, noch einen anderen Plan zu machen.

»Hm, ich bin froh, daß ich die Zeitung sofort geholt habe, Bernie«, sagte Carolyn.

»Ich auch«, antwortete ich. »Hoffentlich bist du nicht die einzige, die sich diese Mühe gemacht hat.«

Sie hatte den ersten Teil und deutete auf irgendeinen Artikel. »Das solltest du lieber lesen«, meinte sie.

Ich nahm die Seiten und las. Da stand, daß Bernard Rhodenbarr, der vorbestrafte Einbrecher, gesucht wegen Mordes an Madeleine Porlock, gestern abend mit knapper Not seiner Verhaftung entgangen war. Er wurde von einem Polizeibeamten überrascht, als er in *Barnegat Books* in der 11. Straße Ost einbrechen wollte. Rhodenbarr zog eine Waffe und schoß auf den Polizisten, der mit einem Streifschuß am Fuß ins St. Vincent Hospital eingeliefert wurde und nach der Behandlung entlassen werden konnte. Der Schütze, Eigentümer des Geschäfts, war geflüchtet, anscheinend unverletzt.

Im letzten Absatz war zu lesen, daß sich Rhodenbarr zu dieser Aktion verkleidet habe, mit einem Turban und falschem Bart. »Aber mich konnte er nicht täuschen«, hatte der Streifenbeamte angeblich gesagt. »Wir haben gelernt, eine solche plumpe Verkleidung zu ignorieren. Ich habe ihn nach seinem Foto sofort erkannt.«

»Der Sikh«, sagte ich zu Carolyn. »Na, der gehört dann auch zu dem Verein, der das Buch nicht hat, sonst würde er nicht versucht haben, in den Laden einzubrechen. Vielleicht war er es auch, der dir gestern vor dem Geschäft auffiel.«

»Möglich wäre es.«

»Die Zeitungen werden die Sache breittreten. Was für ein Witz: ein Einbrecher, der in seinen eigenen Laden einbricht!«

»Und?«

»Nun, der Polizist hätte zum Beispiel den Sikh erwischen können. Das hätte mich zwar nicht vom Mordverdacht reingewaschen, aber wenigstens würde man mir jetzt nicht auch noch diese Geschichte aufhalsen. Oder der Sikh hätte ein schlechterer Schütze sein können, dann könnte man mich jetzt nicht beschuldigen, einen Polizisten angeschossen zu haben.

Das ist nämlich ein schlimmeres Verbrechen, als einen Zivilisten umzubringen, zumindest in den Augen der Polizei. Da er aber nun mal schoß, hätte der Sikh den Mann auch *töten* können. Dann hätte er nicht mehr behaupten können, *ich* sei es gewesen.«

»Es wäre dir doch nicht lieber, wenn der Polizist tot wäre, Bernie?«

»Nein, natürlich nicht. Außerdem – bei meinem Glück hätte er einem Kollegen gerade noch erzählen können, wer auf ihn schoß, ehe er starb. Dann wäre ich auch noch ein Polizistenmörder. Was geschieht, wenn Randy das liest? Die erste Geschichte muß sie überlesen haben, denn heute nacht schien es ihr nichts auszumachen, daß du einen Flüchtling beherbergtest. Sie war zu sehr mit ihren verletzten Gefühlen beschäftigt.«

»Sie liest die *Times* nie.«

»In den anderen Zeitungen wird es auch stehen.«

»Die liest sie wahrscheinlich auch nicht. Ich weiß nicht einmal, ob sie deinen Nachnamen kennt.«

»Sicherlich. Ob sie die Polizei anruft?«

»Sie ist ein anständiges Mädchen, Bernie, kein Spitzel.«

»Sie ist aber eifersüchtig. Sie glaubt –«

»Ich weiß, was sie glaubt. Sie muß verrückt sein, so was zu denken!«

»Sie könnte beschließen, der Polizei einen anonymen Tip zu geben. Sie könnte sich einreden, daß es nur zu deinem eigenen Besten sei!«

»Scheiße!« Carolyn knabberte an einem Fingernagel. »Bist du hier nicht mehr sicher?«

»Keine Ahnung.«

»Aber das Telefon steht hier. Wir haben die Nummer in dem Inserat angegeben.«

»Wer wird schon anrufen!«

»Rudyard Whelkin, zum Beispiel.«

»Er ermordete Madeleine Porlock Donnerstag abend. Ich wette, er ist sofort mit dem Taxi zum Kennedy-Flughafen gefahren und war um Mitternacht längst woanders.«

»Ohne das Buch?«

Ich zuckte die Achseln.

»Und der Sikh könnte auch anrufen. Wo sind seine fünfhundert Dollar geblieben?«

»Denkst du etwa, er ruft an, um mich nach ihnen zu fragen?«

»Nein, Bernie. *Ich* frage. Du hattest das Geld bei dir, als Madeleine Porlock dich betäubte, nicht wahr?«

»Ja.«

»Und es war weg, als du zu dir kamst.«

»Noch mal ja.«

»Also – wo sind sie?«

»Sie nahm sie mir ab. Ach so: Was geschah mit dem Geld, *nachdem* sie es mir abgenommen hatte?«

»Ja. Du durchsuchtest gestern abend ihre Wohnung. Es lag nicht bei dem Buch, nicht wahr?«

»Es lag nirgends. Jedenfalls nicht da, wo ich gesucht habe. Vermutlich nahm es der Killer mit.«

»Hat er es nicht doch zurückgelassen?«

»Warum denn? Geld ist Geld, Carolyn.«

»Man liest immer wieder von Morden, bei denen Raub als Motiv nicht in Frage kommt, weil das Opfer eine große Summe Bargeld bei sich hatte.«

»Da geht es um eine Abrechnung zwischen irgendwelchen Banden. Die Leute sollen wissen, warum der Mord geschah. Manchmal legen sie sogar noch Geld hin, um die Polizei zu täuschen. Entweder nahm der Täter in unserem Fall die Scheine mit, oder ich fand sie nicht, weil ich am falschen Ort suchte. Oder ein Polizist ließ sie mitgehen, als keiner genauer hinsah. Ist auch schon passiert.«

»Wirklich?«

»Na, klar. Ich könnte dir endlose Geschichten darüber erzählen. Aber wozu? Das Klingeln des Telefons würde mich doch nur dabei unterbrechen.«

Ich starrte den Apparat an, weil ich hoffte, er würde auf das Stichwort reagieren. Aber er schwieg, mehr als eine halbe Stunde lang. Als das Telefon dann klingelte, hatte ich das Gefühl, es würde nie wieder aufhören.

Rrrring!

»Hallo?«

»Ja, hallo! Ich las gerade Ihre Anzeige in der *Times*. Ich frage mich, ob ich sie richtig deute.«

»Wie denn?«
»Anscheinend haben Sie etwas zu verkaufen?«
»Das stimmt.«
»Eine Reise nach – hm – Fort Bucklow.«
»Ja.«
»Dürfte ich wohl erfahren, mit wem ich spreche?«
»Das wollte ich eben auch fragen.«
»Aha. Lassen Sie mich einen Moment überlegen.«
Die Stimme klang weich, der Tonfall gebildet, mit leicht englischem Akzent und weichem S. Alles in allem sehr angenehm.
»Nun, Sir, ich glaube, Sie lernten bereits einen Abgesandten von mir kennen. Wenn meine Annahme richtig ist, verlangten Sie kürzlich einen zu hohen Kaufpreis. Er bezahlte fünfhundert Dollar für ein Buch, das mit ein Dollar fünfundneunzig ausgezeichnet war.«
»Nicht meine Schuld. Er rannte ohne sein Wechselgeld weg.«
Der andere lachte verständnisvoll. »Dann sind Sie der Mann, den ich suche. Sehr schön. Sie haben Mut, Sir. Die Polizei fahndet nach Ihnen im Zusammenhang mit einem Mord, und Sie denken nur daran, das Buch zu verkaufen.«
»Ich brauche dringend Geld.«
»Um das Land zu verlassen, nehme ich an. Haben Sie das Buch da? Befindet es sich jetzt, in diesem Augenblick, in Ihrem Besitz?«
»Ja. Aber ich glaube, ich habe Ihren Namen nicht verstanden.«
»Ich glaube, ich habe ihn Ihnen auch nicht genannt. Bevor wir weiterreden, Sir, würden Sie mir wohl beweisen, daß Sie den Band tatsächlich haben?«
»Ich könnte ihn gegen den Hörer halten. Aber wenn Sie nicht über übersinnliche Kräfte verfügen . . .«
»Schlagen Sie es auf Seite zweiundvierzig auf, Sir, und lesen sie mir den ersten Vers vor.«
»Ach so. Einen Augenblick. ›Wenn du nach Fort Bucklow reist – wenn der Mond voll ist – und der Schakal heult – und der Affe schreit – wie eine verrückt gewordene Frau . . .‹ meinen Sie das?«
Es entstand eine Pause. »Ich will das Buch haben, Sir. Ich möchte es kaufen.«

»Gut. Ich möchte es auch verkaufen.«
»Und Ihr Preis?«
»Den habe ich noch nicht festgesetzt.«
»Wenn Sie das tun würden . . .«
»Es ist eine komplizierte Sache. Ich muß vorsichtig sein. Ich werde gesucht, wie Sie bereits sagten, und das macht mich verwundbar. Ich weiß nicht einmal, mit wem ich verhandle.«
»Mit einem Besucher Ihres schönen Landes, Sir. Einem leidenschaftlichen Verehrer von Mr. Kipling. Der Name tut nichts zur Sache.«
»Wie kann ich mich mit Ihnen in Verbindung setzen?«
»Das ist von noch geringerer Bedeutung als mein Name. *Ich* kann mich bei *Ihnen* melden.«
»Nein. Ich werde unter dieser Nummer nicht zu erreichen sein. Es ist nicht sicher. Sagen Sie mir, wo ich Sie heute nachmittag um fünf Uhr anrufen kann.«
»Das muß ich mir überlegen, Sir. Bitte warten Sie zehn Minuten.« Er hängte ein.

Rrrring!
»Hallo?«
»Haben Sie Papier und Beistift, Sir?«
»Legen Sie los!«
»Um fünf Uhr werde ich unter folgender Nummer zu erreichen sein: RH4-5198.«
»RH4-5198. Um fünf.«

Rrrring! *Rrrring*!
»Hallo?«
»Hallo?«
»Ach, wenn Sie doch etwas mehr sagen könnten als nur ›Hallo‹ . . .«
»Was möchten Sie denn hören?«
»Sehr schön. Ich hatte gehofft, daß Sie es seien. Ich möchte Ihren Namen nicht aussprechen und würde vorschlagen, daß Sie den meinen auch nicht nennen.«
»Nur wenn ich Ihren Club antelefoniere und bitte, man möge Sie ausrufen lassen.«
»Nur das nicht!«

»Man gab mir die Auskunft, daß Sie nicht Mitglied sind.«
»Vielleicht bin ich nicht ganz offen zu Ihnen gewesen, mein Junge. Ich kann alles erklären.«
»Davon bin ich überzeugt.«
»Was nun den gesuchten Gegenstand betrifft: Darf ich aus Ihrer Anzeige schließen, daß er Ihnen nicht durch die Finger geschlüpft ist?«
»Er liegt genau vor mir.«
»Ausgezeichnet.«
»›Wenn du nach Fort Bucklow reist – wenn der Mond voll ist – und der Schakal heult – und der Affe schreit – wie . . .‹«
»Um Gottes willen, lesen Sie mir es nicht vor. Oder kennen Sie große Teile auswendig?«
»Nein. Ich habe daraus vorgelesen.«
»Ach, um zu beweisen, daß Sie es haben? Kaum nötig, mein Junge. Sie würden kaum die Frau erschossen haben und das Buch dann zurücklassen! Also, wie werden wir diese Transaktion vornehmen?«
»Wir könnten uns irgendwo treffen.«
»Könnten wir. Doch keinem würde es gefallen, wenn die Polizei etwas merkte. Ich fragte mich . . .«
»Sagen Sie mir, unter welcher Nummer ich Sie um sechs Uhr erreichen kann.«
»Und wenn ich Sie einfach anrufe?«
»Ich bin nicht hier.«
»Ich verstehe. Nun, mein Junge, auch wenn es nicht gut aussieht – ich möchte Ihnen diese Nummer lieber nicht verraten.«
»Dann irgendeine andere.«
»Wie bitte?«
»Irgendeine Telefonzelle.«
»Ach so. Ja, ich melde mich gleich wieder.«

Rrrring!
»Hallo?«
»Chelsea 2-9419,«
»Gut.«
»Um sechs Uhr.«
»Gut.«

Rrrring!
»Hallo?«
»Sie hatten inseriert wegen . . .«
»Einer Reise nach Fort Bucklow, ja.«
»Darf ich offen sein? Wir meinen das Buch, nicht wahr?«
»Ja.«
»Und Sie möchten es kaufen?«
»Verkaufen.«
Eine Pause. »Ich verstehe. Sie haben also ein Exemplar. In Ihrem Besitz.«
»› . . .der Schakal heult – und der Affe schreit – wie eine verrückt gewordene Frau . . .‹«
»Was sagen Sie da?«
»Ich zitiere Seite zweiundvierzig oben.«
»Das dürfte kaum notwendig sein.« Wieder eine Pause. »Ich bin etwas verwirrt. Vielleicht sollte ich Ihnen sagen, wie ich heiße.«
»Das wäre nett.«
»Mein Name ist Demarest. Prescott Demarest. Ich bezweifle, daß er Ihnen etwas sagt. Ich handle im Auftrag eines vermögenden Sammlers, dessen Namen Sie kennen, aber ich bin nicht ermächtigt, ihn Ihnen zu nennen. Man bot ihm kürzlich ein Exemplar des Buches an. Das Angebot wurde kurzfristig zurückgezogen. Ich frage mich, ob es dasselbe Exemplar ist?«
»Kann ich nicht sagen.«
»Das Exemplar war angeblich ein Unikat. Soviel man uns sagte, gab es nur eines.«
»Dann muß es dasselbe sein.«
»Anscheinend. Ich glaube, Sie nannten mir Ihren Namen noch nicht.«
»Ich möchte meine Privatsphäre schützen, Mr. Demarest. Wie Ihr Auftraggeber.«
»Ich verstehe. Natürlich muß ich mich mit ihm beraten. Wenn Sie mir Ihren Preis nennen könnten?«
»Er steht noch nicht fest.«
»Gibt es noch weitere Interessenten?«
»Mehrere.«
»Ich möchte das Buch sehen. Ehe Sie es jemand anderem anbieten. Wenn wir ein Treffen vereinbaren . . .«

»Ich kann im Augenblick nicht mehr sagen, Mr. Demarest. Wo sind Sie heute nachmittag zu erreichen, gegen vier Uhr? Haben Sie Telefon?«
»Bitte, notieren Sie: Worth 4-1114. Sagten Sie, um vier? Ich erwarte also Ihren Anruf.«

»Das wär's wohl«, sagte ich zu Carolyn, nachdem ich ihr erzählt hatte, was Demarest wollte. »Ich glaube, mehr Anrufe kommen nicht.«
»Wieso?«
»Ich habe so eine Ahnung. Der erste Anrufer war der Ausländer, der mir den Sikh auf den Hals schickte. Der Sikh kam am Donnerstag nachmittag ins Geschäft, seitdem weiß er, daß ich das Buch habe. Aber ich mußte ihm vorhin draus vorlesen.«
»Und das beweist?«
»Keine Ahnung. Ich sammle jetzt nur die Fakten. Die Deutung verschieben wir auf später. Der zweite Anruf kam von Whelkin, und der war nicht so interessiert an heulenden Schakalen und schreienden Affen.«
»Worauf willst du hinaus, Bernie?«
»Eine gute Frage. Whelkin schien fest zu glauben, daß ich Madeleine Porlock umbrachte. Deshalb war er nicht überrascht, daß ich das Buch besaß. Was bedeutet, daß *er* sie nicht umbrachte. Außer er spielte den Unschuldsengel. Denn dann . . .«
»Denn dann?«
»Verdammt, wenn ich's wüßte. Bleibt nur Demarest. Er war sehr offen und hat seine Nummer sofort verraten, aber was das beweist, weiß ich auch nicht.« Ich schenkte mir noch eine Tasse Kaffee ein. »Der Mord brachte die ganze Geschichte durcheinander. Sonst gäbe es keine Probleme. Und wenn die Polizei ihn mir nicht anhängen wollte, ich würde das Buch einfach meistbietend verkaufen und zwei Wochen auf die Bahamas fahren. Einer von den dreien brachte sie um, Carolyn.«
»Einer der Anrufer?«
»Hm-hm.« Ich sah auf die Uhr. »Wir haben nicht viel Zeit«, sagte ich. »Ich soll sie im Abstand von einer Stunde anrufen, Demarest zuerst, um vier Uhr. Damit bleiben uns nur ein paar

Stunden, alles zu arrangieren.«
»Was zu arrangieren?«
»Eine Falle aufzustellen. Wie immer, wenn ich unter Druck bin, bleibt mir nur eines übrig – ich muß einen Polizisten schmieren.«

15

Als er ans Telefon kam, entschuldigte ich mich für die Störung. »Deine Frau wollte dich nicht holen«, sagte ich, »aber ich erklärte ihr, daß es dringend sei.«
»Na, ich hatte auf die *Wake Forest* gesetzt«, antwortete er. »Ich sah einfach zu, wie zwanzig Dollar den Bach runtergingen.«
»Gegen wen spielen Sie?«
»Gegen die *Bulldogs.*« Es entstand eine lange, nachdenkliche Pause. »Verdammt, mit wem rede ich eigentlich?« fragte er dann.
»Nur mit einem alten Freund-Feind, der um einen Gefallen bittet.«
»Mein Gott, *du* bist es! Junge, ich habe dich ja schon früher in der Scheiße sitzen gesehen, aber jetzt bist du mitten in Gottes eigenen Geburtstagskuchen getreten! Woher rufst du an?«
»Vom Fluß der Verzweiflung. Ich brauche dich, Ray.«
»Das kann man wohl behaupten. Na, du bist bei mir an der richtigen Stelle. Du möchtest dich ergeben, was? Das klügste, was du tun kannst. Denn die Parole heißt: Sofort schießen, Bernie.« Er klickte mit der Zunge. »Nicht besonders einfallsreich, Bernie. Auf einen Polizisten zu schießen. Das mag unsere Fakultät gar nicht.«
»Ich habe niemals auf ihn geschossen.«
»Na, hör mal! Er war schließlich auch dabei, was? Er sah dich doch!«
»Er sah einen Typ mit einem Bart und einem Turban. Ich habe nie auf ihn geschossen. Und die Porlock habe ich auch nicht erschossen.«
»Du verkaufst nur Bücher, ich weiß. Das erzähltest du mir im Laden auch. Erinnerst du dich? Hör zu, du stellst dich, und das

spricht schon zu deinen Gunsten. Wir besorgen dir einen guten Anwalt. Schlimmstenfalls kriegst du ein paar Jahre. So was hast du schon mal abgerissen . . .«

»Ray, ich habe aber nicht . . .«

Wir redeten noch ein paar Runden, wobei ich meine Unschuld beteuerte und er mir erzählte, wie ich am billigsten davonkommen würde. Schließlich läutete ich die letzte Runde ein, indem ich erklärte, daß ich etwas ganz Bestimmtes von ihm wolle.

»Ach, ja?«

»Ich habe drei Telefonnummern, die du überprüfen sollst.«

»Bist du verrückt, Bernie? Weißt du, was man da alles machen muß? Man muß mit der Telefongesellschaft vereinbaren, daß: . . .«

»Keine Aufregung, Ray. Ich kenne die Nummern doch. Ich möchte nur wissen, wohin sie gehören.«

»Ach so.«

»Das kannst du doch für mich erledigen?«

Er überlegte. »Klar«, meinte er schließlich. »Aber warum?«

Ich nannte ihm einen sehr überzeugenden Grund.

»Ich weiß nicht«, antwortete er, nachdem wir uns ein paar Minuten über den sehr überzeugenden Grund unterhalten hatten. »Ich finde, ich riskiere verdammt viel.«

»Wieso? Du machst einen Anruf, das ist alles.«

»Wobei ich mit einem flüchtigen Verbrecher gemeinsame Sache mache. Das nimmt kein gutes Ende, wenn jemand es erfährt.«

»Wer sollte es erfahren?«

»Man kann nie wissen. Außerdem, wie willst du überhaupt abliefern? Du klingst zwar überzeugend, aber trotzdem – wie willst du abliefern? Wenn irgendein verrückter Kerl, ein Meisterschütze der Polizei, dich auslöscht, wo bleibe ich da?«

»Du bleibst am Leben. Im Gegensatz zu mir.«

»Deshalb sage ich doch, du sollst dich stellen!«

»Niemand wird mich erschießen«, erklärte ich mit mehr Überzeugung, als ich besaß, »auch nicht der beste Schütze der Polizei. Ich liefere bestimmt. Habe ich dich jemals im Stich gelassen?«

»Nun . . .«

»Ray, alles, was du tun sollst, sind ein paar Telefonanrufe machen. Das Risiko ist viel kleiner als zwanzig Dollar auf die *Wake Forest* zu setzen!«
»Ja.« Ich lauschte in den Hörer, während sich seine geistigen Rädchen drehten. »Wenn du jemals irgend jemand von diesem Gespräch erzählst . . .«
»Du kennst mich doch, Ray!«
»Dann gib mir die Nummern.«
Ich hatte gesiegt. Ich nannte sie ihm und sagte, ich würde in einer halben Stunde wieder anrufen. Dann legte ich auf. Carolyn und die beiden Katzen blickten mich erwartungsvoll an. »Wir haben eine halbe Stunde Zeit, eine Kamera zu besorgen. Eine Polaroid, außer du kennst jemand, der eine Dunkelkammer hat und bereit wäre, einen Film zu entwickeln. Nein, wir brauchen eine Polaroid. Du hast wohl keine?«
»Nein.«
»Kannst du dir irgendwo eine leihen? Ich hasse den Gedanken, eine kaufen gehen zu müssen, solange ein Preis auf meinen Kopf ausgesetzt ist. Wie steht's mit dir?«
»Ich habe keine Ahnung, was ich kaufen soll. Und wenn ich nach Hause komme, funktioniert sie nicht. Wozu brauchst du sie überhaupt?«
»Um ein paar Fotos zu machen.«
»Daran habe ich nie im Leben gedacht. Eine Schande, daß Randy beleidigt ist. Sie hat eine ganz neue. Das Bild ist fertig, kaum, daß man auf den Auslöser gedrückt hat.«
»Randy hat eine Polaroid-Kamera?«
»Das sagte ich ja eben. Habe ich dir nicht letzte Woche die Fotos von den Katzen gezeigt?«
»Möglich.«
»Die hat sie gemacht! Aber ich kann sie nicht bitten, sie mir zu borgen, weil sie überzeugt ist, daß wir was zusammen haben. Sie würde nur denken, daß wir unanständige Bilder machen wollen. Außerdem ist sie sicherlich nicht zu Hause.«
»Ruf sie an!«
»Machst du Witze?«
»Du kannst ja einhängen, falls sie sich meldet.«
»Warum soll ich dann anrufen?«
»Wenn sie nicht da ist, können wir die Kamera holen gehen.«

»Na, großartig!« Sie langte nach dem Hörer, ließ aber dann die Hand mit einem Seufzer wieder sinken. »Du hast etwas vergessen, Bernie. Ich gab ihr die Schlüssel zurück.«
»Und?«

Randy wohnte in einem winzigen Studio im fünften Stock eines schäbigen Ziegelhauses in der Morton Street zwischen der Seventh Avenue und Hudson. Erst ab sieben Stockwerken ist es in New York Pflicht, einen Aufzug einzubauen. Also liefen wir die Treppe hoch.
Das Schloß war einfach. Wenn ich nur die Ausrüstung aus dem Drugstore gehabt hätte, würde es etwas länger gedauert haben. Aber mit meinen eigenen Werkzeugen ging es wie geschmiert. Carolyn bekam große Augen. So hatte ich sie noch nie gesehen.
»Mein Gott!« sagte sie. »Wenn ich mit dem Schlüssel aufschließe, dauert es länger!«
»Nun, es ist ein billiges Schloß. Und ich habe ein wenig angegeben. Ich wollte Eindruck schinden.«
»Es hat funktioniert. Ich *bin* beeindruckt!«
Die Kamera lag in der obersten Schublade der Kommode im Schlafzimmer, wie Carolyn vermutet hatte. Dazu ein Haufen Filmpacks. Carolyn warf sich die Tasche über die Schulter, ich schloß hinter uns wieder zu, und wir hauten ab.
Ich hatte Ray gesagt, ich würde in einer halben Stunde wieder anrufen, und verspätete mich nur um ein paar Minuten. Er nahm selbst ab. »Mein Lieber«, sagte er, »dein Freund kommt aber rum.«
»Wieso?«
»Der Kerl mit den drei Nummern. Die Rhinelander-Nummer ist eine Telefonzelle Ecke 75. Straße und Madison. Die Chelsea-Nummer ist auch eine Zelle. In der Halle vom *Gresham Hotel*. Das ist in der 23. Straße zwischen der Fifth und Sixth Avenue.«
»Warte einen Augenblick«, rief ich und schrieb wie wild. »Gut. Und was ist mit der Worth-Nummer?«
»Im Geldviertel. Pine Street zwölf.«
»Auch wieder ein öffentliches Telefon?«
»Nein. Ein Büro im vierzehnten Stock. Die Firma heißt Tonti-

ne-Handelsgesellschaft. Aber reden wir vom Mantel, Bern. Du sagtest, Zuchtnerz, nicht wahr?«
»Genau.«
»Welche Farbe war es noch?«
»Silbergrau. Von Arvin Tannenbaum. Was Besseres gibt's nicht.«

16

Ich fuhr mit dem Taxi los, um den Pontiac zu holen. Inzwischen beschäftigte sich Carolyn mit der Polaroid-Kamera. Als ich kurz darauf durch die Tür kam, machte sie eine Aufnahme. Das Bild schob sich heraus und entwickelte sich vor meinen Augen. Ich sah erschrocken und schuldbewußt aus. Ich erklärte Carolyn, daß ich keine Vergrößerungen bestellen würde.
»Aber du bist viel besser als die Katzen«, rief sie. »Ubi sitzt nie still, und Archie schielt ständig. Machst du von mir auch eines?«
»Gern.«
Sie trug einen koksgrauen Rollkragenpullover und schieferblaue Kordhosen. Für das Foto zog sie noch einen Blazer mit Messingknöpfen an und setzte eine verrückte Kappe auf. Sie schwang sich auf die Tischkante, schlug die Beine übereinander und grinste in die Kamera.
Randys Polaroid fing sie bemerkenswert gut ein. Wir betrachteten das Ergebnis gemeinsam. »Fehlt nur noch die Zigarre«, stellte Carolyn fest. »Dann würde ich aussehen wie Bonnie und Clyde.«
»Wer von beiden?«
»Oh, sehr komisch.«
»Hast du das Armband der Blinns?«
»In meiner Tasche.«
»Und die Kamera beherrschst du?«
»Sie ist so einfach zu bedienen wie ein Fahrstuhl.«
»Dann los!«
Unten auf dem Gehsteig sagte ich: »Hm, Carolyn, du siehst heute wirklich großartig aus.«

»Was soll das heißen?«
»Und ich habe dich gern um mich.«
»Wohl so eine Art Ansprache an die Truppe, ehe sie ins Feld zieht?«
»Ungefähr.«

An den Wochenenden ist der Finanzdistrikt von New York wie ausgestorben. Enge Straßen, hohe Gebäude und nirgends ein Mensch zu sehen. Alle Geschäfte waren geschlossen, alle Leute saßen zu Hause vor dem Fernsehschirm und sahen Fußball.
Wir ließen den Pontiac auf einem unbewachten Parkplatz in der Nassau stehen und gingen zu Fuß zur Pine Street. Nummer zwölf war ein Bürohaus, größer als die Gebäude daneben. In der Eingangshalle saß ein Wächter.
Ungefähr acht bis zehn Minuten standen wir auf der gegenüberliegenden Straßenseite und beobachteten ihn. Er hatte nichts zu tun. Niemand kam herein oder ging hinaus. Ich zählte neun erleuchtete Fenster in dem Haus. Ich versuchte, herauszufinden, ob eines zum vierzehnten Stock gehörte, aber das war schwierig. Außerdem wußte ich nicht, ob man die Nummer dreizehn nicht ausgelassen hatte.
Um die Ecke entdeckte ich eine Telefonzelle. Zwei Minuten nach vier wählte ich die Nummer, die Prescott Demarest mir genannt hatte. Er nahm nach dem zweiten Läuten ab, sagte aber nichts.
»Ich habe das Buch«, erklärte ich. »Und ich brauche Bares. ich muß weg aus New York.«
»Ich zahle einen fairen Preis. Ich bin überzeugt, das Buch ist echt.«
»Wie wäre es, wenn ich es Ihnen heute abend zeigte? Im Buchgeschäft *Barnegat Books* in der 11. Straße Ost.«
»Ich kenne es. Heute früh stand in der Zeitung, daß . . .«
»Ich weiß.«
»Glauben Sie, es ist sicher?«
»Ja. Es wird von der Polizei nicht beobachtet. Ich habe mich heute nachmittag davon überzeugt.« Das stimmte, auf der Rückfahrt mit dem Pontiac. »Um elf«, fügte ich hinzu. »Bis dann!«

Ich hängte ein und kehrte in die Pine Street zurück. Carolyn stand gegenüber im Eingang zu einem Laden für alte Drucke und Rahmen. Ich blieb an der Ecke stehen und wartete. Nach etwa fünf Minuten trat jemand aus dem Gebäude Nummer zwölf und verschwand in Richtung Nassau Street. Carolyn winkte.

Ich rannte wieder zur Zelle und wählte Worth 4-1114. Nachdem es ein volles Dutzend Mal geläutet hatte, hängte ich ein, holte die Münze raus und jagte zu Carolyn zurück. »Niemand meldet sich«, sagte ich. »Er ist es gewesen.«

»Dann haben wir sein Foto.«

»Kam nur der eine Mann raus?«

»Ja. Etwas früher tauchte noch jemand auf, aber da warst du noch nicht bei der Zelle. Deshalb fotografierte ich ihn nicht. Da erscheint noch jemand! Eine Frau. Soll ich fotografieren?«

»Nein.«

»Sie muß unterschreiben. Demarest ging einfach so raus. Er winkte dem Wächter nur zu.«

»Das hat nichts zu bedeuten. Den Trick habe ich auch schon gemacht.« Ich betrachtete das Foto. Das Licht war nicht das beste gewesen, trotzdem war sein Gesicht zu erkennen. Es kam mir bekannt vor, nur wußte ich nicht, wieso. Ich hatte ihn noch nie vorher gesehen.

Unterwegs im Auto rückte Carolyn ihre Kappe zurecht. »Eine komische Sache«, sagte sie.

»Ein Foto von Demarest zu machen?«

»Nein. Ich hatte die Vorstellung, daß er über die Straße gelaufen käme und mir den Apparat wegreißen würde, aber er hat nicht mal was gemerkt. Nur ein kleines Klicken im Dunkeln, weiter nichts. Nein, ich meine gestern abend.«

»Ach so.«

»Als Randy erschien. Eine echte Schlafzimmerkomödie. Aber eines muß ich zugeben: Sie ist süß, wenn sie wütend wird.«

Um Viertel vor fünf saßen wir in einer Cocktailbar, die *Sangfroid* hieß. Sie lag in einem eleganten Viertel, hatte einen dicken Teppich und viel schwarzes Holz und Chrom. Ich trank Perrier, Carolyn einen Martini.

»Ich weiß ja, daß du keinen Alkohol trinkst, während der

Arbeit«, meinte sie. »Aber das hier zählt nicht.«
»Wieso?«
»Es ist eine Art Therapie. Und keinen Augenblick zu früh. Siehst du, was ich sehe? Oder halluziniere ich?«
»Ich sehe einen sehr großen Gentleman mit einem Bart und einem Turban, der die Madison Avenue entlanggeht.«
»Was macht er jetzt?«
Er betrat eine Telefonzelle, die an unserer Ecke stand, nur ein paar Meter entfernt von der Bar, in der wir saßen. Wir konnten ihn durch das Fenster genau beobachten. Ich hätte geschworen, daß es derselbe Sikh war, der mich mit der Waffe bedroht hatte.
»Ob es unser Mann ist? Er ist zehn Minuten zu früh dran«, stellte Carolyn fest.
Der Sikh rief jemand an, ein kurzes Gespräch, dann verließ er die Zelle wieder. Er überquerte die Straße und baute sich im Eingang zu einer Boutique auf. Er war so unauffällig wie ein Wolkenkratzer in einem Villenviertel.
»Er hält Wache«, sagte ich. »Vermutlich hat er festgestellt, ob die Luft rein ist. Dann rief er den Typ an, mit dem ich mich unterhalten habe, und machte Meldung. Da kommt jemand.«
»Unser Mann. Woher kam er?«
»Wohl vom *Carlyle*. Das Hotel ist nur einen Block weit weg. Und wo kann schon ein Mensch absteigen, der einen Sikh mit Turban beschäftigt? Höchstens noch im *Waldorf*, wenn man einen Sinn für Geschichte hat. Oder im *Sherry-Netherlands*, wenn man Filmproduzent und der Sikh der verkleidete Yul Brynner ist . . .«
»Er ist es! Er ist schon in der Zelle.«
»Tatsächlich.«
»Und nun?«
Ich erhob mich, kramte eine Münze aus meiner Tasche und warf einen Blick auf die Uhr. »Es wird Zeit«, sagte ich. »Du entschuldigst mich doch einen Moment? Ich muß jemanden anrufen.«

Es wurde ein längeres Gespräch. Ich mußte ständig Münzen nachfüttern. Am besten wäre ich die paar Schritte hinübergegangen und hätte an die Tür der Telefonzelle geklopft. Aber

ich fand das doch zu verrückt.
Schließlich hängte ich ein. Natürlich klingelte das Amt sofort und wollte noch eine Münze haben. Am liebsten hätte ich den Apparat geknackt und ihn leergeräumt. Eine geschlagene Minute betrachtete ich das Schlüsselloch. Dann rief ich mich zur Ordnung und kehrte an unseren Tisch zurück.
Carolyn war nicht da. Das Eis in meinem Perrier war geschmolzen. Ich blickte zum Fenster hinaus. Die Telefonzelle an der Ecke war leer, der Sikh im Eingang gegenüber nicht mehr zu sehen.
Ob sie nur auf die Toilette gegangen war? Ich wartete noch eine Minute, legte einen Fünfdollarschein auf den Tisch unter mein Glas und räumte das Feld.
Auch auf der Straße konnte ich den Sikh nicht entdecken. Ich ging zur anderen Seite hinüber und schlenderte die Madison in Richtung Norden weiter. Es dauerte nicht lange, da hörte ich eine Stimme aus einem Eingang rufen: »He, Mister, wollen Sie eine heiße Kamera kaufen?«
Und da war sie, ein spöttisches Grinsen im Gesicht. »Du hast mich entdeckt«, sagte sie.
»Ich kenne eben alle Tricks.«
»Ich wollte ihn fotografieren, während du mit ihm sprachst. Wegen der Scheibe konnte ich es von drinnen aus nicht. Da ich annahm, daß er auf dem selben Weg verschwinden würde, den er gekommen war, baute ich mich hier auf und wartete. Entweder war es ein langes Gespräch, oder er rief noch jemand anders an.«
»Wir haben lange geredet.«
»Er hat mich nicht bemerkt, obwohl er dicht an mir vorüberkam. Sieh dir das Foto an!«
»Eine erstaunliche Ähnlichkeit.«
»Wirklich großartig, wie diese Kamera funktioniert. Dann wollte ich zurückgehen und dich suchen, und in wen lief ich da hinein? In den Sikh!«
»Kein Wunder!«
»Ich rannte also in ihn rein, die Kamera noch in der Hand! Ich dachte, ich falle in Ohnmacht.«
»Was passierte dann?«
»Ich war unglaublich fix. Ich machte Augen wie Untertassen

und rief: ›Oh, ein Mann mit einem Turban! Sind Sie aus Indien, Sir? Arbeiten Sie bei den Vereinten Nationen? Darf ich ein Bild von Ihnen machen?‹«
»Ist er drauf reingefallen?«
»Und wie. Sieh selber!«
»Du bist sehr geschickt!«
Er war auch sehr beeindruckt. Er will sich gleich Montag morgen eine Polaroid kaufen. Ich mußte übrigens zwei Bilder machen, das eine wollte er zum Andenken behalten. Dreh es mal um, Bernie. Lies, was er geschrieben hat.«
Es war eine elegante Schrift mit vielen Schnörkeln. *Für meine kleine Prinzessin, in Verehrung, ihr treuer Diener Atman Singh.*
»Das ist sein Name«, erklärte sie, »Atman Singh.«
»Dachte ich es mir doch!«
»Wie klug du bist! Der Bursche, mit dem du telefoniertest, ist sein Chef, was du dir sicherlich auch schon dachtest. Er heißt – also, wenn ich es mir überlege, kenne ich seinen Namen nicht, nur seinen Titel. Es ist der Maharadscha von Ranchipur. Vermutlich wußtest du das auch schon, hm?«
»Nein.«
»Sie wohnen im *Carlyle*, genau wie du vermutetest. Der Maharadscha reist gern in großer Begleitung. Vor allem in Begleitung von Frauen. Ich hatte das Gefühl, ich könnte mich der Gesellschaft anschließen, wenn ich meine Karten richtig ausspiele.«
»Ich überlege schon, wie du mit einem Rubin im Bauchnabel aussiehst.«
»Sicherlich etwas zu feminin, was? Außerdem gefalle ich Atman Singh so, wie ich bin.«
»Und mir auch.« Ich legte ihr eine Hand auf die Schulter. »Du hast dich großartig geschlagen, Carolyn! Ich bin sehr beeindruckt.«
»Ich auch«, antwortete sie. »Aber ich war es nicht allein. Ohne den Martini hätte ich es nie geschafft.«

Während wir nach Süden und Osten fuhren, sagte sie: »Es war alles so aufregend – die Nummer, die ich mit Atman Singh abzog. Zuerst war ich noch ängstlich, dann merkte ich es nicht

mehr, weil ich so sehr bei der Sache war. Verstehst du, was ich meine?«
»Genau. Ich habe das gleiche Gefühl, wenn ich in fremde Häuser oder Wohnungen einsteige.«
»Ach, es war wie ein Rausch. In Randys Wohnung auch. Ich hätte nie gedacht, daß Einbrechen so aufregend sein kann. Jetzt verstehe ich, daß es manche Leute aus Freude an der Sache machen und erst in zweiter Linie ans Geld denken.«
»Wenn du Profi bist«, erklärte ich, »ist Geld nie etwas Nebensächliches.«
»Vermutlich. Sie war wirklich eifersüchtig, nicht?«
»Randy?«
»Ja. He, wenn diese ganze Geschichte vorbei ist – vielleicht kannst du mir was beibringen.«
»Was denn?«
»Schlösser zu knacken. Falls du glaubst, ich könnte es lernen.«
»Nun, bis zu einem gewissen Grad ist das möglich. Trotzdem muß man auch für das Schlösseraufbrechen eine gewisse Begabung, eine gewisse Geschicklichkeit haben. Entweder man hat sie, oder man hat sie nicht. Aber darüber hinaus kann ich dir noch manches verraten.«
»Zum Beispiel, wie man einen Motor ohne Zündschlüssel anläßt?«
»Das ist ein Kinderspiel. Das hast du in zehn Minuten raus.«
»Allerdings kann ich nicht fahren.«
»Dann ist es witzlos.«
»Trotzdem. Ich würde es gern können, einfach so zum Spaß. He, Bernie?«
»Ja?«
Sie ballte die Faust und boxte mich freundschaftlich in den Oberarm. »Ich weiß ja, daß es eine Geschichte auf Leben und Tod ist«, erklärte sie, »trotzdem amüsiere ich mich schrecklich. Das wollte ich dir nur noch sagen.«

Gegen fünf Uhr fünfzig parkten wir – diesmal auf einem ordentlichen Parkplatz – etwa einen halben Block weit vom *Gresham Hotel* entfernt. Es wurde jetzt schnell dunkel. Carolyn drehte ihr Fenster hinunter und machte einen Probeschuß. Es war nicht mehr viel auf dem Bild zu erkennen.

»Das hatte ich befürchtet«, bemerkte ich. »Ich verabredete mich mit dem Maharadscha um fünf und mit Whelkin um sechs, und während meines Gesprächs mit Demarest wollte ich einen Anruf um sieben vorschlagen. Dann machte ich vier Uhr draus, weil mir einfiel, daß wir Licht brauchten.«
»In der Kameratasche sind Blitzlichter.«
»Sie wären etwas zu auffällig, findest du nicht? Vielleicht ist es bei Whelkin auch nicht so wichtig. Vielleicht können wir ihn nicht mal zum Hotel hinauslocken.«
»Glaubst du, er wohnt hier?«
»Möglich. Ich hätte ihn gern angerufen, doch wen hätte ich verlangen sollen?«
»Du meinst, er hat sich unter seinem wahren Namen angemeldet?«
»Kann man nicht sagen. Und wie er wirklich heißt, weiß ich nicht. Bestimmt nicht Rudyard Whelkin. Hübsch erfunden – daß er nach Kipling genannt wurde und ihn später sammelte. Aber ich habe das Gefühl, daß ich der einzige bin, dem er diese Geschichte erzählt hat.«
»Sein Name ist also nicht Rudyard Whelkin?«
»Nein. Und er sammelt auch nicht Bücher.«
»Was macht er dann mit ihnen?«
»Vermutlich verkauft er sie. Ich glaube . . .«, ich warf einen Blick auf meine Armbanduhr, ». . . ich glaube, er sitzt in der Halle und wartet auf meinen Anruf. Es ist wohl besser, ich melde mich jetzt.«
»Und ich mache wohl besser ein Foto von ihm.«
»Sie vorsichtig, hm?«
»Vorsicht ist mein Markenzeichen.«
Die erste Telefonzelle war außer Betrieb, die zweite besetzt. Erst bei der dritten hatte ich Glück, sie stand vor einer schäbigen Bar. Ich wählte die Nummer, die Whelkin mir genannt hatte. Er mußte die Hand auf dem Hörer gehabt haben, denn er nahm sofort ab.
Meine Unterhaltung mit ihm war kürzer als die mit dem Maharadscha. Aber sie war länger als notwendig, weil uns ein Fernsehsprecher störte, der irgendwelche Fußballergebnisse verkündete.
»Es ist nichts Wichtiges«, versicherte mir Whelkin. »Bei mir

hier ist einiges los. Ein eurasischer Typ liegt auf einer Bank, offensichtlich im Drogenrausch, eine verrückte alte Frau wühlt in einer Einkaufstüte, und eine jüngere rennt herum und macht Fotos. Jetzt kommt sie direkt auf mich zu!«
»Klingt harmlos«, sagte ich.
»Ich kann es nur hoffen. Jedenfalls werde ich ihr mein schönstes Lächeln schenken.«
Ein paar Minuten später saß ich wieder im Pontiac und betrachtete eine Großaufnahme von Rudyard Whelkin. Er zeigte die Zähne, daß es nur so blitzte.
»Was hat dir Whelkin erzählt?« fragte Carolyn.
Ich gab ihr eine Kurzfassung unseres Gesprächs, während wir Richtung City fuhren. Nachdem ich fertig war, runzelte sie die Stirn und kratzte sich am Kopf. »Es ist alles so verdammt verwirrend«, beschwerte sie sich. »Ich weiß einfach nicht, wer lügt und wer die Wahrheit sagt.«
»Nimm an, daß alle lügen. Dann erlebt man manchmal eine angenehme Überraschung. Ich setze dich beim Haus der Blinns ab. Du weißt, was du zu tun hast?«
»Natürlich. Kommst du nicht mit?«
»Überflüssig. Außerdem habe ich zuviel anderes zu tun. Was machst du, wenn du mit den Blinns fertig bist?«
»Ich genehmige mir einen.«
»Und danach?«
»Willst du den ganzen Plan noch mal mit mir durchgehen?«
»Ja.« Dann besprachen wir noch ein paar Punkte, bis wir die 66. Straße erreichten. »Hast du alle Fotos?«
»Alle. Auch von Atman Singh.«
»Nimm lieber auch die Kamera mit. Wie steht's mit dem Armband? Hast du das auch?«
Sie nickte. »Bern, du hast etwas vergessen. Du mußt mit mir mitkommen, wenn du in die Wohnung der Porlock gehen willst.«
»Warum sollte ich reinwollen?«
»Wegen der Luchsjacke.«
»Warum soll ich eine Luchsjacke stehlen wollen? Ich komme mir schon vor wie in einer Komödie. Warum, in aller Welt . . .«
»Hast du es diesem Polizisten nicht versprochen?«
»Ach so! Ich habe mich schon gefragt, woher du den Unsinn

hast. Nein, Ray will für seine Frau einen Mantel, einen Nerzmantel, und in Madeleine Porlocks Schrank hängt nur eine Jacke, eine Luchsjacke. Mrs. Kirschmann will keinen Pelz von einem in Freiheit lebenden Tier.«
»Wie schön für sie. Offensichtlich habe ich nicht genau zugehört. Du wirst den Nerz also woanders klauen.«
»Wenn die Zeit gekommen ist.«

17

Ich rief Ray Kirschmann von einer Telefonzelle in der Second Avenue an. Das *Bulldog*-Team lag in Führung, wie er mich betrübt informierte. »Betrachte es von der heiteren Seite«, sagte ich. »Morgen kann es schon anders sein.«
»Morgen spielen die *Giants*. Die sind unschlagbar.«
»Ich würde mich ja gern noch länger mit dir unterhalten«, sagte ich, »aber ich habe es etwas eilig. Ich möchte dich bitten, etwas für mich festzustellen.«
»Was bin ich eigentlich, ein Auskunftsbüro? Du verlangst viel für den Mantel.«
»Schließlich ist es ein Nerz, Ray. Überleg mal, was Frauen manchmal dafür tun müssen!«
»Sehr komisch.«
»Hast du was zu schreiben?« Er holte sich einen Stift, und ich sagte ihm, was er herausfinden sollte. »Geh nicht vom Telefon weg, Ray, hm? Ich melde mich wieder.«
»Großartig. Ich kann's kaum erwarten.«
Ich stieg wieder in den Wagen, den ich mit laufendem Motor stehen gelassen hatte, stellte den Hebel auf »Fahren« und zuckelte die Second Avenue entlang. Bei der 23. Straße bog ich rechts ein, schenkte dem *Hotel Gresham* nur einen flüchtigen Blick, schwenkte noch mal nach rechts in die Sixth Avenue und verließ sie bei der 29. Straße. Vor einer Parkuhr in der Seventh Avenue parkte ich. Diesmal stellte ich den Motor ab und nahm den Zündungsdraht mit.
Ich war mitten im Lederviertel, ein paar Blocks groß, der Alptraum jedes Umweltschützers. Hunderte von kleinen Ge-

schäften lagen dicht beieinander, Lederhändler, Hersteller von Mänteln, Jacken, Taschen und Zubehör, Großhändler und Einzelhändler, dazwischen Geschäfte, die Knöpfe und Bügel, Futterstoffe und Einfaßbänder verkauften. Das Gebäude, nach dem ich suchte, stand auf der andern Seite der Avenue in der 29. Straße. Dort hatte Arvin Tannenbaum den ganzen zweiten Stock eines vier Stockwerke hohen Fabrikhauses belegt.

Im Erdgeschoß lag ein Lokal, das über das Wochenende geschlossen hatte. Rechts davon führte eine Tür in einen kleinen Gang und zum Fahrstuhl und der Feuerleiter. Die Tür war abgeschlossen. Das Schloß wirkte nicht sehr furchterregend.

Der Hund dagegen schon. Es war ein Dobermann, auf den Menschen dressiert, und er lief im Gang hin und her wie ein Leopard. Als ich mich der Tür näherte, unterbrach er seine Wanderung. Ich legte die Hand auf den Türgriff, rein aus Neugierde, und er duckte sich in Angriffsposition. Auch nachdem ich meine Hand zurückgenommen hatte, schien er noch nicht besänftigt zu sein.

Ich wünschte, Carolyn wäre dabeigewesen. Sie hätte den Kerl baden, ihm die Krallen beschneiden und auch die Zähne abfeilen können.

Mit Wachhunden lasse ich mich nicht ein. Ich schenkte ihm ein Abschiedslächeln, das er mit einem bösartigen Knurren erwiderte, und brach in das Lokal ein.

Das war nicht so einfach – es gab ein Gitter wie bei *Barnegat Books* –, aber es lag mehr auf meiner Linie als ein Dressurakt mit wilden Tieren. Das Gitter hatte ein Vorhängeschloß, das ich knackte, die Tür ein Yale-Schloß, das ich ebenfalls knackte. Kein Alarm ging los. Ich zog das Gitter zu, dann schloß ich die Tür hinter mir. Wenn man genauer hinsah, würde man merken, daß nicht abgeschlossen war, aber von weitem wirkte es ganz ordentlich.

Eine Seitentür führte in den Gang mit dem Dobermann. Ich ließ schön die Finger von ihr. Von der Küche aus öffnete sich eine Tür auf einen stickigen Luftschacht. Ich stellte mich auf eine Mülltonne und konnte von dort aus die Feuertreppe gerade noch erreichen. Ich zog mich hoch und lief nach oben. Im ersten Stock stand ein Fenster offen, eine zu große Versu-

chung, der ich nicht widerstehen konnte. Ich schlüpfte hindurch, wanderte durch einen Irrgarten von Lederballen, ging noch eine Treppe höher und landete in der Firma von Arvin Tannenbaum und Söhne.
Ein paar Minuten später verließ ich auf dem selben Weg, den ich gekommen war, das Gebäude. In der Küche fand ich ein paar Kekse. Ich möchte nicht behaupten, daß sie genau das waren, was ich suchte, aber sie erfüllten ihren Zweck. Sie waren jedenfalls besser als nichts.
Ich machte mir nicht die Mühe, das Vorhängeschloß wieder zu schließen. Aber ich zog das Gitter wieder zu.
Dann winkte ich noch dem Dobermann freundlich zu. Er blickte mich finster an. Dem Blick nach zu schließen, hätte ich geschworen, daß er wußte, was ich vorhatte.

Diesmal nahm Mrs. Kirschmann ab. Als ich sagte, daß ich ihren Mann sprechen wolle, antwortete sie: »Einen Augenblick, bitte.« Sie schrie seinen Namen, ohne die Hörmuschel abzudecken. Dann meldete sich Ray, und ich beklagte mich, daß es mir in den Ohren dröhne.
»Und?«
»Deine Frau hat so geschrien.«
»Dafür kann ich nichts, Bernie«, meinte er. »Sonst geht's dir aber gut?«
»Ich glaube, ja. Was hast du herausgefunden?«
»Ich kenne das Fabrikat der Mordwaffe. Es ist eine Pistole von Marley, Kaliber 32. Herkunft unbekannt. Sie kann der Porlock gehört haben, oder der Mörder brachte sie mit.«
»Wie sieht sie aus?«
»Die Waffe? Ich habe sie nicht gesehen, Bern. Ich rief nur an. Ich hatte keine Lust, in den Lagerraum zu gehen und die Beweise zu beäugen. Aber ich kenne die Marke. Ein flaches Ding, nicht zu groß, mit einem Klip mit fünf Schuß, blauer Stahl. Sicherlich gibt es sie auch mit Perlmuttgriff und vernikkelt, wenn man's bezahlen kann.«
Ich schloß die Augen und überlegte, wie die Waffe in meiner Hand ausgesehen hatte, als ich aufgewacht war. Blauer Stahl, ja, das konnte stimmen. Im Vergleich zu dem kleinen, vernikkelten Ding, das der Sikh in seiner enormen Hand gehalten

hatte, erschien sie mir ziemlich groß. Dabei fiel mir etwas ein. »Dieser junge Polizist, hieß er nicht Francis Rockland?«
»Ja.«
»Er wurde vor meinem Laden verletzt. Mit was für einer Waffe wurde auf ihn geschossen? Hast du es feststellen können?«
»Behauptest du immer noch, daß du es nicht warst?«
»Verdammt, Ray . . .«
»Okay, okay! Na, jedenfalls wurde nicht mit der Marley auf ihn geschossen, weil der Mörder sie auf dem Boden der Wohnung der Porlock zurückließ. War es das, was du wissen wolltest?«
»Natürlich nicht.«
»Oh, hm. Dann habe ich mich wohl getäuscht. Rockland wurde – ja, also, es läßt sich nicht mehr klären.«
»Keine Kugel gefunden?«
»Sie ging kaputt.«
»Und Teile davon?«
Er räusperte sich. »Was ich jetzt sage, werde ich später immer abstreiten«, erwiderte er. »Nach dem, was man so hört, und wenn man zwei und zwei zusammenzählt . . .«
»Schoß er sich selbst in den Fuß.«
»Allem Anschein nach ja, Bern. Er ist noch jung, weißt du, er war nervös und so . . .«
»Wie schlimm ist die Verletzung?«
»Er hat einen Zeh verloren, keinen wichtigen.«
Welche Zehen waren die wichtigen, überlegte ich. »Was weißt du sonst noch über Rockland?«
»Er ist jung und gehört zu denen, die man überzeugen kann.«
»Das heißt im Klartext?«
»Entschlüsselt bedeutet es: Geld stinkt nicht.«
»Da ist in diesem Fall nicht viel drin«, erklärte ich. »Außer er arbeitet gegen Kredit.«
»Du verlangst ziemlich viel, Bern. Der arme Junge hat einen Zeh verloren.«
»Er hat sich selbst in den Fuß geschossen.«
»Ein Zeh ist ein Zeh, Bern!«
»Eben sagtest du, es sei kein wichtiger gewesen.«
»Trotzdem!«
»Würde er auf Kredit arbeiten, wenn er zusehen kann, wie die

Sache hochgeht? Wenn er zur ehrgeizigen Sorte gehört, wäre es verrückt, abzulehnen.«
»Ein Punkt für dich.«
Ich hatte noch mehr Punkte, einen ganzen Sack voll. Über ein paar stritten wir uns, über andere nicht. Zum Schluß sagte ich, er solle sich keine Sorgen machen, und er sagte, ich solle vorsichtig sein. Es war für jeden der richtige Rat.

Der Besitzer des Milo-Waffengeschäfts hatte ziemlich viel Sinn für Humor. Im Branchentelefonbuch war sein Markenzeichen abgebildet, die armlose Venus von Milo mit einem Hüfthalter. Wer konnte da widerstehen?
Ich lasse ganz bewußt die Finger von Waffengeschäften – aber eines ist auffallend: Sie fallen nie auf. Beinahe ohne Ausnahme liegen sie im ersten Stock, selten im Parterre. Vermutlich ist man nicht scharf auf Zufallskundschaft.
Milo hielt sich auch an diese Regel. Das Geschäft lag im ersten Stock eines schäbigen Ziegelhauses in der Canal Street zwischen Greene und Mercer Street. Im Laden im Erdgeschoß wurde Sanitärzubehör verkauft, die oberen Stockwerke waren Wohnung. Ich lungerte im Eingang herum und las die Namensschilder, bis ein junges Paar herauskam, das stark nach einem ungesetzlichen Kraut roch. Das junge Mädchen kicherte ansteckend, während der junge Mann mir die Tür aufhielt.
Die Tür des Waffenladens war aus solidem Holz mit dem bewaffneten Venus-Torso darauf und einer langen Liste der todbringenden Dinge, die dahinter zu kaufen waren. Sie hatte die übliche Menge üblicher Schlösser plus einem Vorhängeschloß.
Ich klopfte. Es rührte sich nichts. Weder hörte ich eine menschliche Stimme noch ein tierisches Knurren. Nur gesegnete Stille. Ich machte mich sofort an die Arbeit.
Da ich es eilig hatte und jeden Augenblick jemand kommen konnte, achtete ich nicht auf Fingerabdrücke. Ich machte es mir leicht und arbeitete vor allem mit dem Schraubenzieher. Jeder Beruf hat seine eigenen Tricks, und wenn man lange genug lebt, hat man immer irgendwann einmal Gelegenheit, sie anzuwenden.
Mein Gott, was für ein schrecklicher Ort! Ich blieb nur fünf

Minuten drin, aber was waren das für fünf ungemütliche Minuten! Alle diese Waffen, so viele auf einem Haufen, es roch nach Öl und Schießpulver. Höllenmaschinen, Geräte des Todes und der Zerstörung, Mordwerkzeuge!
Entsetzlich!
Ich schloß hinter mir wieder sorgfältig ab. Ich wollte es keinem Verrückten leichtmachen, der auf den Gedanken kam, Waffen und Munition zu klauen. Sogar das Vorhängeschloß machte ich wieder dicht. Es war besser verankert als vorher. Waffen!

Die Zeit drängte. Ich hatte noch viel zu tun.
Ich traf Carolyn in der *Pudelfabrik*, wo sie die Buchführung auf den neuesten Stand brachte. So etwas gefiel ihr nicht besonders. »Es ist ganz und gar nicht amüsant«, beschwerte sie sich. »Da sollte man doch glauben, daß wenigstens was dabei rausspringt! Na, jedenfalls ist im *Armory* bald wieder was los.«
»Bedeutet es gute Geschäfte?«
»Natürlich. Mit einem schmutzigen Hund läßt sich kein Blumentopf gewinnen.«
»Klingt wie ein Sprichwort. Wie ging's bei den Blinns?«
»Charmant wie immer.«
»Hat sich Gert gefreut, ihr Armband wiederzubekommen?«
»Oh«, sagte sie, »ja, vermutlich schon.«
»Wieso vermutlich?«
»Wir haben uns vor allem mit den Fotos beschäftigt«, erwiderte sie, jetzt nur noch Tüchtigkeit. Sie breitete die vier Schnappschüsse auf dem Empfangstisch aus. »Diesen Kerl hat Gert noch nie in ihrem Leben gesehen«, sagte sie und deutete auf das eine Foto. »Da ist sie sich ganz sicher. Auch den hier kennt sie nicht, aber sie will es nicht beschwören.«
»Die beiden andern erkannte sie wieder?«
Ihr Zeigefinger schwebte über dem dritten Bild. Sie hatte wieder am Nagel gekaut, wie ich feststellte. »Der Typ«, sagte sie, »ist oft gekommen. Wann sie ihn zum ersten Mal sah, kann sie nicht mehr sagen, aber es ist schon eine Weile her. Er war mit Madeleine dort und auch allein.«
»Großartig. Und wie steht's mit unserem anderen Freund?«
»Artie meint, daß er sie mal zusammen gesehen hat. Und Gert kommt er irgendwie bekannt vor.«

»Ich leihe mir dies da mal aus«, sagte ich und nahm eines der Fotos an mich. »Wir sehen uns, wenn wir uns sehen.«

Die Hotelhalle des *Gresham* hatte sich seit der Beschreibung, die mir Rudyard Whelkin am Telefon gegeben hatte, etwas verändert. Carolyn war verschwunden und auch die Dame mit der Einkaufstüte. Auf einer der Bänke hockte ein Streuner, aber er wirkte nicht eurasisch.

Das Telefon, das Whelkin benützt hatte, war nicht frei. Eine Frau von riesigen Ausmaßen sprach in die Muschel. Weil sie zu dick für die Zelle war, stand sie davor und brüllte ihren Gesprächspartner an, daß er das geliehene Geld zurückzahlen solle. Offenbar ein zäher Verhandlungspartner.

Der kleine Mann am Empfangspult hatte eine Haut, die noch nie von der Sonne geküßt worden war, kleine blaue Augen und einen schmalen, buchstäblich lippenlosen Mund. Ich zeigte ihm das Bild, das ich Carolyn abgenommen hatte. Er betrachtete es lange und nachdenklich. Dann musterte er mich mit dem gleichen Blick.

»Und?« fragte er.

»Ist er da?«

»Nein.«

»Wann ging er weg?«

»Wer erinnert sich schon an so was?«

»Ich würde gern eine Nachricht für ihn hinterlassen.«

Er reichte mir einen Block. Ich hatte meinen eigenen Kugelschreiber. Ich schrieb: »Bitte, rufen Sie sobald wie möglich an. R. Whelkin.« Das war nicht besonders geistreich, aber mir fiel kein anderer Name ein. Außerdem ließ sich so feststellen, ob er ihn hier im Hotel benützte oder nicht. Ich faltete den Zettel zusammen und reichte ihn dem Portier. Er nahm ihn und starrte mich leer an. Keiner rührte sich. Hinter mir verkündete die Dicke, daß sie sich von niemanden eine so unflätige Ausdrucksweise gefallen lassen müsse.

»Sie müssen den Zettel in sein Fach legen«, sagte ich.

»Nur keine Hast.«

O doch, beeil dich, dachte ich. Ich möchte wissen, welches Zimmer er hat.

»Vielleicht lege ich ihn lieber gleich rein«, fuhr er fort. »Ehe ich

vergesse, für wen der Zettel ist. Sie haben seinen Namen nicht draufgeschrieben?«
»Nein?«
»Für wen ist er denn?«
»Sie haben kein Recht, mich so zu nennen«, rief die Dicke hinter mir. »Ich würde nicht mal einen Hund so rufen. Sehen Sie sich vor!«
Der Portier hatte schüttere Brauen. Ich glaube nicht, daß sie die von Gott gewollte Aufgabe erfüllen und den Schweiß davon hätten abhalten können, ins Auge zu tropfen. Das war wohl auch nicht wichtig, denn er gehörte nicht zu den Leuten, die bei der Arbeit in Schweiß geraten. Aber die Brauen reichten aus, um sie fragend hochzuziehen. Und jetzt zog er sie fragend hoch. Sehr überzeugend.
Ich legte einen Zwanzigdollarschein auf das Empfangspult. Er reichte mir den Schlüssel zu Zimmer 311. Fünfzehn Minuten später gab ich ihn ihm im Hinausgehen wieder.
Die riesige Frau telefonierte noch. »Wenn wir schon von Rindvieh reden«, sagte sie gerade, »dann verrate ich Ihnen auch, wer eines ist: Sie sind ein Rindvieh, wenn Sie meine Meinung hören wollen!«

Wieder im Pontiac, wieder Richtung City. Mein Gott, hörte das nie auf? Hin und her, hierhin und dorthin!
Der Parkplatz in der Nassau Street war immer noch unbewacht. Auf einem Schild stand, daß es unter diesen Umständen ungesetzlich sei, einen Wagen zu parken. Eine Gesetzesübertretung, die ich im Augenblick nicht sehr wichtig nehmen konnte. Der Wagen würde auf Kosten des Besitzers abgeschleppt, hieß es weiter. Ein Risiko, das ich eingehen mußte.
Ich fand eine Telefonzelle und wählte Worth 4-1114. Ich erwartete nicht, daß sich jemand meldete. Es meldete sich auch niemand.
Ich ging die Pine Street hinunter und nach Osten bis zu dem Gebäude, aus dem Prescott Demarest vor ein paar Stunden gekommen war. Mir erschien es wie Tage. Nur noch halb so viele Fenster waren beleuchtet. Ich wünschte, ich hätte eine Aktenmappe gehabt, damit ich überzeugender ausgesehen

hätte.
Der Wächter in der Halle döste über einer Zeitung, wurde aber bei meinem Eintreten hellwach. Es war ein alter Mann mit einem müden Gesicht. Vermutlich mußte er seine Rente etwas aufbessern. Ich ging auf ihn zu, blieb plötzlich stehen und simulierte einen Hustenanfall. Während er nachließ, warf ich einen scharfen Blick auf den Firmenwegweiser an der Wand und suchte mir eine Gesellschaft aus.
»Gesundheit«, sagte der alte Mann.
»Danke.«
»Sie sollten was tun für Ihren Husten.«
»Das Wetter ist schuld. Einen Tag schön, den nächsten schlecht.«
Er nickte wissend. »So war es nicht immer«, meinte er. »Das Wetter hat sich geändert. Früher konnte man es genau vorhersagen. Jetzt ist alles ganz anders.«
Ich trug mich ins Buch ein. Name – Peter Johnson. Firma – Wickwire und McNally. Stockwerk – 17. Wenigstens nannte ich mich aus Mangel an Phantasie nicht wieder Whelkin. Und Peter Johnson klang so hübsch anonym. Wenn Wickwire und McNally eine einigermaßen große Firma waren, hatten sie vielleicht einen Angestellten namens Peter Johnson. Oder John Peterson oder so ähnlich.
Ich fuhr mit dem Lift hoch, in den siebzehnten Stock. Sicherlich würde er die Anzeigetafel nicht kontrollieren, aber warum nicht genau arbeiten? Ich eilte drei Stockwerke hinunter und suchte in den Gängen herum, bis ich die Tür von Tontine fand. Der Name stand auf einer Mattglastür. Das Büro dahinter lag im Dunkeln, wie alle anderen, an denen ich vorbeigekommen war. Sonnabendabend ist der einsamste Abend der Woche, das können Sie mir glauben.
Es ist auch der längste, und ich hatte noch einige Besuche vor. Ich klopfte leise und vorsichtig, dann öffnete ich das Schloß mit einem Stück weichem Draht in weniger Zeit, als sich darüber berichten läßt.
Bürotürenschlösser sind oft nicht besonders kunstvoll. Warum auch. Man würde sonst nur die Scheibe einschlagen. Und was hätte man davon? Einen Haufen Scherben.
Außerdem hatte man einen Wächter angestellt, der Leute wie

mich daran hindern sollte, mit irgendwelchen elektronischen Geräten abzuhauen. Was hätte es sonst zu stehlen gegeben? Ich fand jedenfalls nichts. Als ich das Büro der Firma Tontine verließ – und hinauf ins siebzehnte Stockwerk ging und mit dem Lift hinunterfuhr –, hatte ich nicht mehr bei mir als beim Hereinkommen.

Der alte Mann sah von seiner Zeitung auf. »Ging aber schnell«, meinte er.

»Wie der Blitz«, stellte ich fest und unterschrieb in der Spalte »Ausgang«.

18

»Ich nehme an, daß Sie sich fragen, warum ich Sie hierhergebeten habe.«

Nun, wie oft hat man wohl Gelegenheit, so einen Satz zu sagen? Hier waren sie nun alle, versammelt im *Barnegat Books*. Als ich den Laden vom alten Litzauer kaufte, hatte ich mir im stillen schon solche kleinen, zwanglosen Zusammenkünfte ausgemalt. Lesung von Gedichten am Sonntag nachmittag, mit einem Glas halbtrockenem Sherry und Gurkensandwiches. Literarischer Kaffeeklatsch, bei dem alle Gäste europäische Zigaretten rauchten und sich über Ionescos Bedeutung stritten. Ich dachte mir, daß so mehr Leute ins Geschäft kommen würden und mehr Mundpropaganda machten. Um genauer zu sein, es wäre auch eine herrliche Gelegenheit gewesen, Mädchen kennenzulernen.

Das Treffen von heute abend war nicht so ganz das, was ich mir vorgestellt hatte. Keiner sprach in Versen, Kafkas Name war noch nicht gefallen. Das Geschäft hatte schon mehr Publicity, als es brauchte, und nette Mädchen würde ich heute abend auch nicht kennenlernen.

Das einzige vorhandene – Carolyn – saß auf dem Hocker, auf den ich kletterte, wenn ich Bücher aus den oberen Regalen holen mußte. Der Hocker stand etwas seitlich. Der Rest der Gäste saß in einem unregelmäßigen Halbkreis gegenüber der Theke. Dahinter hatte ich mich aufgebaut. Ich hatte keinen

Stuhl, weil der, der gewöhnlich hinter der Verkaufstheke stand, im Augenblick von Prescott Demarest mit Beschlag belegt wurde.
Denn mein Geschäft war schließlich ein Buchladen, keine Bibliothek. Es gab nicht genug Stühle. Der Maharadscha von Ranchipur hatte noch die beste Sitzgelegenheit des Hauses erwischt, den Drehstuhl aus meinem Büro. Atman Singh, mit einem Rücken wie ein Rammbock, thronte auf einer hölzernen Packkiste, in der schon Mr. Litzauer Buchvorräte aufgehoben hatte, die nirgends mehr hinpaßten. Rudyard Whelkin hatte einen Klappstuhl aus Carolyns *Pudelfabrik*.
Ich hatte niemand bekannt gemacht, keiner machte Konversation über Fußball oder das Wetter oder die zunehmende Unsicherheit unserer Straßen. Sie waren nicht gemeinsam gekommen, doch alle kurz hintereinander und blieben auffallend schweigsam, bis ich meinen Satz anbrachte, daß sie sich sicherlich fragten, warum sie hier seien.
»Aber eigentlich wissen Sie es genau«, fuhr ich fort. »Sie wissen, warum ich Sie herbat. Sonst wären Sie nicht erschienen. Wir sind hier, um uns über ein Buch zu unterhalten und über einen Mord.«
Es entstand kein allgemeines Raunen, nichts. Stille. Nun, man kann nicht alles haben.
»Es geht um den Mord an Madeleine Porlock. Sie wurde vorgestern in ihrer Wohnung in der 66. Straße Ost erschossen. Der Täter schoß in die Stirn, mit einer Automatik, Kaliber 32, Marke Marley, nicht registriert. Der Täter ließ sie am Ort des Verbrechens zurück. Genauso wie mich, bewußtlos, die Tatwaffe in der Hand.«
Der Maharadscha runzelte nachdenklich die Stirn. »Womit Sie andeuten, daß Sie die Frau nicht töteten.«
»Genau. Ich war dort, um ein Buch abzugeben. Ich sollte dafür eine gewisse Summe erhalten. Statt dessen betäubte und betrog man mich. Miss Porlock betäubte mich, der Mann, der sie umbrachte, wollte mich reinlegen. Aber –« ich grinste breit, »– aber ich habe das Buch noch.«
Jetzt waren alle gespannt. Schweigend beobachteten sie, wie ich unter den Ladentisch griff und *Die Befreiung von Fort Bucklow* hervorholte. Ich schlug irgendwo auf und las laut:

Und er aß ein Stück Kuchen,
Und er trank ein Glas Wein,
Und er wischt' sich die Lippen,
Und er lud sie mit ein.
Wenn sie nach Fort Bucklow gingen – schwor er feierliche
Eide –,
Drohe ihnen graus'ge Rache, müßten sterben alle beide.

Ich klappte das Buch zu. »Schlechte Verse erkennt man unter anderem auch daran, daß manche Worte nur dastehen um des Reimes willen«, sagte ich. »Doch uns interessiert nicht der literarische Wert dieses Bandes. Es ist ein Einzelstück. Ein Kleinod ohne Preis, ein Werk Kiplings, von dem nur noch dieses eine Exemplar vorhanden ist. Dieses eine hier.«

Ich legte es auf die Theke. »Zu der Zeit, als ich einwilligte, es zu stehlen«, fuhr ich fort, »stand es in der Bibliothek eines gewissen Gentlemans namens Jesse Arkwright. Man hatte mir versichert, daß er es direkt von Lord Ponsonbys Erben hatte kaufen können. Die Erben hatten das Buch schon zu einer Versteigerung gegeben, zogen ihr Angebot jedoch zurück.« Ich blickte Rudyard Whelkin an. »Möglich, daß es einen Lord Ponsonby gab«, sagte ich. »Vielleicht gibt es ihn noch. Aber auf diesem Wege hat Jesse Arkwright sein Exemplar von *Die Befreiung von Fort Bucklow* nicht erhalten.«

Demarest fragte, wie er es dann erworben habe.

»Er kaufte es«, erklärte ich, »und zwar von dem Mann, der mich beauftragte, es zu stehlen. Das Arrangement für den ursprünglichen Kauf wurde von Madeleine Porlock gemacht.«

Der Maharadscha wollte wissen, wie sie ins Bild paßte.

»Sie war Arkwrights Freundin«, entgegnete ich. »Auch mein Auftraggeber kannte sie schon lange. Er erzählte ihr, daß er ein äußerst wertvolles Buch in die Hände bekommen habe. Sie wiederum erzählte, daß ein Freund von ihr – beinahe könnte man sagen, ein Kunde – ein leidenschaftlicher Sammler sei, vor allem von Büchern. Jetzt brauchte man nur noch Käufer und Verkäufer zusammenzubringen.«

»Und der Kauf kam zustande?« Demarest schien das zu erstaunen. »Warum wollte dann der Verkäufer das Buch wiederhaben? Nur weil es so wertvoll ist?«

»Nein«, antwortete ich. »Weil es eben nichts wert war.«

»Dann ist es eine Fälschung«, warf der Maharadscha ein.
»O nein, es ist schon echt.«
»Dann . . .«
»Ich habe ebenfalls darüber nachgedacht«, sagte ich. »Ich überlegte, ob es nicht doch eine Fälschung sein könnte. Natürlich läßt sich so etwas machen. Zuerst muß man jemand finden, der dreitausendzweihundert Zeilen in den Kiplingschen Knittelversen schreibt, dann einen andern, der die Sache setzt, und natürlich fünfzig Jahre altes Papier. Vielleicht klappt es auch mit heutigem Papier, doch in diesem Fall –« ich klopfte auf das Buch, »– trifft das nicht zu. Ich habe ständig mit alten Büchern zu tun und kenne den Unterschied. Altes Papier sieht anders aus, riecht anders, fühlt sich anders an. Angenommen, es wäre möglich und man fände auch noch einen Käufer – dann hätte man inzwischen so viele Ausgaben gehabt, daß sich die Geschichte nicht lohnt. Warum also?«
»Wenn das Buch echt ist«, sagte der Maharadscha, »wieso ist es dann wertlos?«
»Nicht ganz. Ein Tag nach dem Diebstahl versuchte jemand, es mir mit Waffengewalt abzunehmen.« Ich lächelte Atman Singh freundlich zu. »Doch irrtümlich nahm er ein anderes Buch mit. Er gab mir fünfhundert Dollar, und zufällig ist das auch die Summe, die das Buch ungefähr wert ist. Vielleicht sogar tausend, wenn man den richtigen Käufer findet und die Geschichte etwas aufbauscht. Aber mehr wert ist es nicht.«
»He, Bernie.« Es war Carolyn, die sich von ihrem Krähennest aus einmischte. »Ich habe das Gefühl, als hätte ich ein paar Runden verpaßt, dabei war ich doch die meiste Zeit mit im Spiel. Wenn es keine Fälschung ist, warum dann nur fünfhundert Dollar?«
»Weil es zwar echt, aber nicht einzigartig ist. Kipling ließ das Buch 1923 auf eigene Kosten in kleiner Auflage drucken. Das ist wahr. Was nicht wahr ist, ist die Geschichte, daß alle Exemplare bis auf eines vernichtet wurden.«
»Interessante Vorstellung«, meinte Prescott Demarest. Er trug denselben Anzug wie auf dem Bild, das Carolyn von ihm gemacht hatte, einen dunkelblauen mit feinem Nadelstreifen. Er richtete sich im Stuhl auf. »Dann gibt es also noch mehrere Exemplare. Woher wissen Sie das, Rhodenbarr?«

»Eine gute Frage, aber ich glaube, ich kann sie beantworten. Mittwoch nacht stahl ich ein Exemplar in Jesse Arkwrights Haus. Donnerstag brachte ich es in Madeleine Porlocks Wohnung. Ich wurde betäubt, und als ich wieder zu mir kam, war das Buch verschwunden. Gestern abend ging ich noch einmal in ihre Wohnung –« alles machte große Augen, was mich freute, »– und fand in einem Schuhkarton im Kleiderschrank *Die Befreiung von Fort Bucklow*.

Aber es war nicht dasselbe Buch. Es hätte natürlich möglich sein können, daß sie das Buch vor dem Erscheinen ihres Mörders versteckte, doch hätte er dann nicht danach gesucht? Hätte er sie nicht gezwungen, es ihm zu geben? Ehe er sie erschoß? Er hatte sich sogar die Mühe genommen, mir die fünfhundert Dollar abzunehmen, ehe er verschwand. Entweder er oder die Porlock nahm mir das Geld aus der Gesäßtasche, und falls sie es tat, muß er es ihr wieder weggenommen haben, denn ich habe es nirgends entdecken können.« Ein Polizist hätte es mitgehen lassen können, überlegte ich, aber warum das Wasser durch die Andeutung einer solchen Möglichkeit noch mehr trüben?

»Mein Exemplar war sauber in braunes Packpapier eingeschlagen«, fuhr ich fort. »Wo war es geblieben? Ich fand nirgends auch nur eine Spur davon, als ich gestern die Wohnung gründlich durchsuchte. Der Mörder hätte es kaum mitgenommen, und die Polizei hatte ebenfalls keinen Grund dazu, sie hätte es liegen gelassen, wo es war. Was war also geschehen? Nun, die Antwort ist doch wohl klar. Das Buch war noch immer darin eingewickelt, als der Mörder damit verschwand. Höchstwahrscheinlich hielt Madeleine Porlock das eingepackte Buch in der Hand, als sie erschossen wurde, und ihr Mörder nahm es ihr ab.«

»Was für eine Schlußfolgerung!« sagte Rudyard Whelkin. »Mein Junge, mir scheint, Sie machen Ihre Rechnung nur mit Beweismaterial, das nicht vorhanden ist: keine fünfhundert Dollar, kein Packpaier. Ziemlich dünnes Eis, auf das Sie sich begeben, finden Sie nicht?«

»Ich bin noch nicht zu Ende.«

»Oh!«

Ich nickte. »Auch dies ist kein Beweis, nur meine eigene

Meinung. Mittwoch nacht las ich in dem Buch. Ich hielt es in der Hand, drehte Seiten um. Gestern abend hatte ich es wieder in der Hand, doch es war nicht dasselbe Buch. Zwar war die Widmung auch für H. Rider Haggard, und doch erschien es mir anders. Ich kannte mal einen Mann mit einem Hof voll Hühnern. Er schwor, er könne jede Henne unterscheiden. So geht es mir mit Büchern. Vielleicht hatte das eine mehr Eselsohren oder mehr Wasserflecken als das andere – weiß Gott, was sonst noch. Es waren jedenfalls zwei verschiedene Bücher. Und als ich das erst einmal begriffen hatte, konnte ich mir auch einen Vers auf die ganze Geschichte machen.«

»Und?«

»Nehmen wir rein hypothetisch einmal an, daß jemand im Lager einer aufgelassenen Druckerei in Tunbridge Wells einen Karton mit vier oder fünf Dutzend Büchern fand.« Ich warf Whelkin einen fragenden Blick zu. »Ist das ungefähr richtig geschätzt?«

»Es ist Ihre Hypothese, mein Junge, nicht meine.«

»Sagen wir also, fünfzig Exemplare. Der Rest der Auflage, abgesehen von dem legendären, seit langem verschwundenen Exemplar, das der Autor H. Rider Haggard geschenkt hatte. Wieviel würden diese Bücher bringen? Jedes höchstens ein paar hundert Dollar. Es waren Raritäten, und Kipling ist seit neuestem wieder gefragt. Doch diese Ausgabe hatte keinen literarischen Wert, nur als Kuriosität würde sie etwas bringen. Angenommen also, man verkaufte die Bücher einzeln, als letztes und einziges Exemplar. Angenommen, man schrieb jedesmal eine Widmung hinein, in Kiplings Handschrift. Ein neues Buch auf alt zu trimmen ist schwierig, aber eine Widmung in einem alten Buch alt erscheinen zu lassen ist kein Problem. Es gibt bestimmt Möglichkeiten, Tinte so zu behandeln, daß sie jenen Schimmer erhält, den man bei alten Schriften häufig sieht.

Also machte sich mein Kunde an die Arbeit. Entweder fälschte er die Sache selbst, oder er fand einen Fachmann, der es für ihn erledigte. Dann begann er vorzufühlen, nahm mit wichtigen Sammlern Kontakt auf, vielleicht behauptete er auch, das Buch sei gestohlen, so daß der Käufer sich über seine Erwerbung ausschweigen würde. Denn in dem Augenblick, wo jemand

die Sache in die Zeitung brachte oder das Buch einer Bibliothek anbot, war das Spiel aus. Alle Sammler, die der Mann mittlerweile hereingelegt hatte, würden ein Geschrei anstimmen und ihr Geld zurückfordern.«
»Da würden sie Pech gehabt haben, nicht?« fragte Carolyn. »Wenn er ein zwielichtiger Kerl war, hätten sie bei ihm nichts erreicht.«
»Schon, aber es gibt verschiedene Methoden, jemand das Fell über die Ohren zu ziehen. Jedenfalls würde der Preis sinken, wenn zu viele Exemplare auf den Markt gelangten. Statt mehrere tausend Dollar pro Buch zu erzielen, würde er auf einer Kiste mit unverkäuflichen Büchern sitzen. Der hohe Preis hing einzig und allein davon ab, daß das Buch ein Unikat war. Wenn das nicht mehr der Fall war und wenn erwiesen war, daß die Widmung nicht stimmte, mußte mein Klient eine andere Möglichkeit finden, wie er auf unehrenhafte Weise zu Geld kommen konnte.«
»Er hätte immer noch Einbrecher werden können«, bemerkte der Maharadscha mit einem freundlichen Lächeln.
Ich schüttelte den Kopf. »Nein. Er wußte genau, daß das unmöglich war, denn als er einen Einbrecher brauchte, kam er genau in diesen Laden und heuerte einen an. Denn er hatte entdeckt – zweifellos durch Madeleine Porlock –, daß Arkwright mit seinem Exemplar von *Fort Bucklow* etwas unternehmen wollte. Natürlich würde er nicht die *Times* anrufen und erzählen, was für einen Schatz er besäße. Arkwright war Geschäftsmann, mehr noch als Sammler, und er machte mit einem Mann Geschäfte, der ein besonderes Interesse an *Fort Bucklow* hatte. Für Arkwright war nicht wichtig, ob es ein Kipling-Buch war, ob etwas über Indien oder Antisemitismus drinstand.«
Whelkin fragte, ob ich jemand Bestimmten im Kopf hätte.
»Einen Ausländer«, antwortete ich. »Denn Arkwright hatte internationale Geschäftsbeziehungen. Ein Mann mit Geld und Macht. Wie zum Beispiel ein indischer Prinz.«
Der Maharadscha schob sein Kinn vor. Atman Singh beugte sich sprungbereit vor, um gegebenenfalls seinen Herrn und Meister zu verteidigen.
»Oder ein arabischer Ölscheich«, fuhr ich fort. »Bei dieser

Gelegenheit fällt mir ein Mann namens Najd al-Quhaddar ein. Er lebt in einer der Ölscheichtümer, ich habe vergessen, in welchem, ihm gehört das Land sozusagen. Erst vor kurzem stand was über ihn im *Contemporary Bibliophile*. Angeblich besitzt er die schönste Bibliothek östlich des Suezkanals.«

»Ich kenne ihn«, sagte der Maharadscha. »Vielleicht hat er wirklich die bedeutendste Bibliothek des Vorderen Orients, obwohl ich einen Gentleman kenne, in Alexandria, der das bestreiten würde.« Er lächelte höflich. »Aber sicherlich ist es nicht die bedeutendste Bibliothek östlich des Suezkanals. Zumindest eine Bibliothek gibt es auf dem indischen Subkontinent, die die Schätze des Scheichs verblassen läßt . . .«

Meine Mutter hatte mir beigebracht, nie einem Maharadscha zu widersprechen, deshalb nickte ich nur freundlich und sagte:

»Arkwright hatte eine brillante Idee. Er war dabei, mit dem Scheich ein wichtiges Handelsabkommen zu treffen. *Die Befreiung von Fort Bucklow* sollte ihn günstig stimmen. Najd al-Quhaddar unterstützt die Palästinenser, das wissen auch andere Scheichs. Und da gibt es also ein einzigartiges Exemplar antisemitischer Literatur, um das sich eine richtige Legende gesponnen hat und das einen bedeutenden englischen Schriftsteller als Feind der Juden entlarvt. Allerdings hatte die Sache einen Haken. Mein Klient hatte dem Scheich bereits ein solches Buch verkauft.« Whelkins Gesichtsausdruck war schwer zu deuten. »Das habe ich nicht im *Contemporary Bibliophile* gelesen«, sagte ich. »Als der Scheich das Buch kaufte, erklärte man ihm, daß er den Besitz geheimhalten solle, da es sich um gestohlene Ware handle. Das gefiel ihm. Es gibt Sammler, die besonders scharf auf heiße Ware sind. Das Abenteuerliche eines solchen Kaufs macht ihnen Spaß. Und natürlich glauben sie, daß es eine günstige Gelegenheit ist. Wenn Arkwright also sein Exemplar Najd zeigte, würde die Sache platzen. Einmal würde Arkwright klarwerden, daß man ihn übers Ohr gehauen hatte, zum andern – und das war noch wichtiger – würde Najd hinter die Wahrheit kommen. Und Ölscheichs haben die verschiedensten Möglichkeiten, sich zu rächen, ohne einen Anwalt einzuschalten. In manchen Ländern jenes Erdteils hackt man noch heute Taschendieben die

Hände ab.«
Ich schwieg, um kurz durchzuatmen. »Mein Kunde hatte noch einen anderen Grund, Arkwright davon abzuhalten, die Bibliothek des Scheichs zu verschönern. Er verhandelte gerade wegen eines Kaufs mit ihm, und der sollte ihm ein Vermögen einbringen. Daß Arkwright ihm diesen Handel verdarb, war das letzte, was er wollte.«
»Ich versteh kein Wort mehr«, protestierte Carolyn. »Was wollte er ihm denn verkaufen?«
»*Die Befreiung von Fort Bucklow*.«
»Ich dachte, die hatte er schon.«
»Er verkaufte ihm das Rider-Haggard-Exemplar. Jetzt wollte er ihm etwas ganz Besonderes verkaufen.«
Ich klopfte wieder auf das Buch, das auf der Verkaufstheke lag. »Er wollte ihm dieses Exemplar verkaufen.«
»Augenblick«, rief Prescott Demarest. »Jetzt bin ich völlig verwirrt. Das Buch da vor Ihnen – es ist nicht dasselbe, das sie aus Arkwrights Haus holten?«
»Nein. Jenes Exemplar nahm der Mann mit, der Madeleine Porlock tötete.«
»Dann ist das Buch da das Exemplar, welches Sie im Schuhkarton ihres Kleiderschranks aufstöberten.«
Ich schüttelte den Kopf. »Ich fürchte, auch nicht«, erwiderte ich bedauernd. »Verstehen Sie – das Exemplar in der Schuhschachtel hatte auch die Widmung an Rider Haggard, und wie hätte mein Klient das an den Scheich verkaufen können? So eine Ausgabe hatte der doch schon. Nein, dies hier ist seltsamerweise ein drittes Exemplar, und ich muß mich dafür entschuldigen, daß ich vorhin so tat, als sei dies die Ausgabe, die ich in der Wohnung der Porlock fand. Nun, sicherlich kann ich die ganze Verwirrung klären, wenn ich die Widmung vorlese.«
Ich schlug das Buch auf, räusperte mich und las:
»Für Adolf Hitler, der das zweifache Damoklesschwert des mosaischen Bolschewismus und des Internationalen Finanzjudentums erkannte und über Deutschland eine Fackel entzündete, die mit dem Willen Gottes eines Tages den ganzen Globus erhellen wird. Mögen Ihre gegenwärtigen Prüfungen nur der Amboß sein, auf dem die Klinge der Befreiung

geschmiedet wird. Mit den besten Wünschen und allem Respekt, Rudyard Kipling, Bateman, England. 1. April 1924.«

Ich schloß das Buch. »Das Datum ist bedeutsam«, sagte ich. »Ich habe in John Tolands Hitler-Biographie nachgeschlagen, bevor Sie kamen. Eine der wenigen Annehmlichkeiten, die eine Buchhandlung bietet. Der Tag dieser Widmung ist genau der Tag, an dem Hitler wegen seiner Rolle beim Münchner Putsch in Landsberg zu fünf Jahren Gefängnis verurteilt wurde. Im Buchdeckel ist ein Stempel, daß das Buch im Mai 1924 im Landsberger Gefängnis eintraf. Hie und da stehen auf den Seiten Randbemerkungen, vermutlich von Hitlers Hand. Manchmal ist etwas unterstrichen, und auf den letzten leeren Seiten hat jemand ein paar deutsche Sätze geschrieben.«

»Vielleicht hatte es Hitler bei sich in der Zelle«, sagte Rudyard Whelkin verträumt. »Vielleicht ließ er sich von Kipling inspirieren – für *Mein Kampf*. Die Notizen lassen darauf schließen.«

»Und was geschah dann mit dem Buch?«

»Das ist nicht ganz klar. Vielleicht schenkte Hitler es Unity Mitford, und durch sie kam es wieder nach England. Diese Lösung ist nicht ohne einen gewissen Reiz. Aber die Einzelheiten müßten noch geklärt werden.«

»Und der Preis?«

Whelkin zog die Brauen hoch. »Für Hitlers Exemplar, von dem es nur noch ein anderes gab? Für eine Quelle zu *Mein Kampf*? Hitler gewidmet mit einem Haufen Notizen von seiner Hand?«

»Wieviel?«

»Was heißt schon Geld«, sagte Whelkin. »Was bedeutet schon Geld für einen Najd al-Quhaddar? Es gedeiht bei ihm wie das Öl. Er hat mehr, als er ausgeben kann. Fünfzigtausend Dollar? Hunderttausend? Eine Viertelmillion? Ich hatte den Köder doch gerade erst festgemacht. Ich hatte erst angedeutet, auf was der Araber sich gefaßt machen durfte. Die endgültigen Verhandlungen wären sicherlich ein großes Schachern gewesen. Wieviel ich verlangt hätte? Was hätte er wohl gezahlt?« Er spreizte die Hände. »Unmöglich zu sagen, mein Junge. Jedenfalls hätte das Buch einen hübschen Preis erzielt – einen sehr hübschen.«

»Aber nicht, wenn Arkwright die Sache kaputtmachte.«

»Nein«, antwortete Whelkin, »dann nicht.«
»Wieviel zahlte er Ihnen für sein Exemplar?«
»Fünftausend.«
»Und der Scheich? Er hatte bereits das mit der Haggard-Widmung erworben.«
Er nickte. »Für ein paar tausend Dollar. Ich weiß es nicht mehr genau. Spielt es eine Rolle?«
»Nicht unbedingt. Wie viele Exemplare verkauften Sie noch?«
Whelkin seufzte. »Drei«, antwortete er. »Eines an einen Gentleman in Fort Worth, der glaubte, es sei heimlich von einem Oxforder Subkurator entfernt worden, der Spielschulden hatte. Er würde es nie jemandem zeigen. Ein zweites an einen ehemaligen Pflanzer in Westindien, der mit malaysischem Gummi ein Vermögen gemacht hatte. Das dritte an einen alten Mann in Rhodesien, der sich mehr für das politische Thema des Gedichts begeisterte als für den Sammlerwert. Der Texaner zahlte den höchsten Preis – achttausendfünfhundert, glaube ich. Ich verkaufte die Bücher eines nach dem andern, verstehen Sie, aber es war sehr mühevoll. Schließlich konnte ich nicht einfach inserieren. Jeder Verkauf beruhte auf mühsamen Recherchen und Erkundigungen. Meine Reisespesen waren enorm. Ich konnte zwar ganz gut leben, meine Unkosten kamen wieder herein, aber einen goldenen Löffel verdiente ich mir nicht.«
»Das letzte Exemplar, das sie verkauften, ging an Arkwright?«
»Ja.«
»Woher kannten Sie Madeleine Porlock?«
»Wir waren seit vielen Jahren befreundet. Hin und wieder arbeiteten wir zusammen.«
»Das heißt, Sie brüteten irgendwelche Betrügereien aus.«
»Geschäftliche Unternehmungen sind eine weit sachlichere Bezeichnung dafür, finden Sie nicht auch?«
»Wie kam *Die Befreiung von Fort Bucklow* in ihren Kleiderschrank?«
»Es waren sozusagen die Prozente für den Verkauf des Exemplars an Arkwright«, antwortete er. »Ich brauchte Bargeld. Gewöhnlich hätte ich ihr tausend Dollar gegeben, weil sie den Verkauf organisiert hatte. Aber über das Buch freute sie sich genauso. Sie wollte es irgendwann zu einem guten Preis

verkaufen. Natürlich wußte sie, daß sie nichts unternehmen durfte, solange ich nicht bei Najd al-Quhaddar das große Los gezogen hatte.«

»Und inzwischen mußten Sie Arkwrights Exemplar zurückholen.«

»Ja.«

»Und boten mir fünfzehntausend dafür.«

»Ja.«

»Woher wollten Sie diese fünfzehntausend nehmen?«

Er sah zur Seite. »Sie hätten sie schon noch bekommen, mein Junge«, sagte er. »Im Augenblick habe ich diese Summe nicht, aber wenn ich erst mal das Hitler-Exemplar an den Scheich verkauft hätte, würde ich mich sehr großzügig gezeigt haben.«

»Das hätten Sie mir auch vorher verraten können.«

»Und was hätte mir das eingebracht?«

»Nichts. Ich hätte nämlich abgelehnt.«

»Da haben wir's.« Er seufzte und faltete die Hände vor dem Bauch. »Da haben wir's. Wie oft hängt die Moral von den Umständen ab! Aber ich hätte gezahlt. Darauf können Sie sich verlassen.«

Was für ein Trost! Ich warf Carolyn einen Blick zu und kam hinter der Verkaufstheke hervor. »Jetzt wurde die Lage schwierig«, sagte ich, »denn zufällig war der Gentleman aus Indien gerade in New York, als all dies passierte. Vor ein paar Monaten hatte er bereits gerüchteweise gehört, daß ein bestimmter arabischer Scheich das Kipling-Buch erworben hatte. Jetzt nahm eine Frau Kontakt mit ihm auf, die ihm erzählte, daß so ein Buch existiere, daß es sich im Augenblick im Besitz eines gewissen Arkwright befinde, daß es aber bald ihr gehöre und sie bereit sei, es für einen angemessenen Preis zu veräußern.

Die Frau war natürlich Madeleine Porlock. Irgendwie erfuhr sie, daß der Maharadscha sich in New York aufhielt und an Kipling interessiert war. Sie besaß ein Exemplar, die Kommission für den Handel mit Arkwright, und hier war eine Chance, es zu veräußern. Sie bot es dem Maharadscha an – für wieviel?«

»Für zehntausend.«

»Ein guter Preis, aber sie verhandelte auch mit einem Partner, der nicht nur über große finanzielle Möglichkeiten verfügte. Er ließ sie aufspüren und beobachten. Sie trug eine Perücke, um sich zu tarnen, als sie in den Buchladen kam, um mich genauer in Augenschein zu nehmen. Vielleicht, damit ich sie nicht erkannte, wenn sie mir den Kaffee mit dem Betäubungsmittel reichte. Vielleicht, weil sie wußte, daß sie beobachtet wurde. Was für Pläne sie auch hatte – sie funktionierten nicht. Der Mann des Maharadschas folgte ihr bis zu diesem Geschäft, und nachdem man ein paar Nachforschungen angestellt hatte, entdeckte man, daß der neue Besitzer von *Barnegat Books* ein Diplom im Einbrechen hatte.«

Ich grinste. »Können Sie mir noch folgen? Das ist wie eine Puppe in der Puppe. Der Maharadscha wollte keine zehntausend für *Fort Bucklow* bezahlen. Nicht etwa, weil er sie nicht hatte, sondern aus einem anderen überzeugenden Grund. Er wußte genau, daß das Buch ein Schwindel war. Denn erstens hatte er von Najds Exemplar gehört, und außerdem gab es noch einen anderen Grund, nicht wahr?«

»Ja.«

»Würden Sie uns mehr erzählen?«

»Ich besitze das Original.« Er lächelte voll Besitzerstolz. »Das echte Exemplar von *Die Befreiung von Fort Bucklow*, mit der echten Widmung an H. Rider Haggard, das nach seinem Tod aus seiner Bibliothek genommen wurde. Es ging durch die Hände von Miss Unity Mitford und kann sehr wohl im Besitz des Herzogs von Windsor gewesen sein. Ich bekam das Buch vor sechs Jahren, lange ehe dieser Gentleman –« er nickte kurz in Whelkins Richtung, »– lange ehe dieser Gentleman in Tunbridge Wells bei einem Drucker zufällig auf eine Kiste unverkäuflicher Exemplare stieß, oder wie man sie auch nennen mag.«

»Und Sie wollten das Schwindelexemplar haben?«

»Ich wollte die Sache entlarven. Ich wußte, daß das Exemplar nicht echt war, doch ich mußte es erst sehen. Daß das Buch noch von der ersten Auflage stammte und nur die Widmung gefälscht war, konnte ich damals noch nicht wissen. Ich wollte nur klarstellen, daß Najd al-Quhaddar ein wertloses Exemplar besaß. Doch dafür wollte ich keine zehntausend Dollar bezahlen. Dann hätte ich das Gefühl gehabt, auf einen Schwindler

hereingefallen zu sein.«
»Deshalb versuchten Sie, den Mittelsmann auszuschalten. Sie schickten unseren Freund hier –« ich lächelte Atman Singh an, doch er lächelte nicht zurück, »– um das Buch abzuholen, sobald ich es hatte. Und Sie wiesen ihn an, mir fünfhundert Dollar zu geben. Warum?«
»Um Sie zu entschädigen. Es schien mir eine angebrachte Summe für Ihre Mühe, angesichts der Tatsache, daß das Buch selbst ohne Wert war.«
»Wenn Sie das glauben, dann sind Sie nie Dieb gewesen. Wieso wußten Sie, daß ich das Buch hatte?«
»Miss Porlock sagte, daß Sie das Buch am Abend erhalten werden. Das schien mir zu beweisen, daß Sie es dem Besitzer bereits entwendet hatten.«
Rudyard Whelkin schüttelte den Kopf. »Die arme Maddy«, sagte er traurig. »Ich riet ihr, das Buch noch zu behalten. Sie hätte meiner Transaktion durch den Verkauf enorm schaden können, aber vermutlich war sie unruhig geworden. Sie wollte ein paar Scheine einsammeln und verschwinden.« Er runzelte die Stirn. »Aber wer hat sie nun umgebracht?«
»Ein Mann, der einen Grund dazu hatte«, erklärte ich. »Ein Mann, den sie aufs Kreuz legte.«
»Um Gottes willen«, sagte Whelkin. »Ich könnte keinen Menschen töten. Und ganz bestimmt nicht Madeleine.«
»Vielleicht. Aber Sie sind nicht der einzige, den sie betrog. Wenn man es recht bedenkt, hinterging sie jeden. Sie betäubte mich und stahl mein Buch, aber ich tötete sie nicht. Sie wollte den Maharadscha betrügen, und sicherlich verspürte er ein paar häßliche Regungen, als sein Beauftragter aus meinem Geschäft mit einer wertlosen Ausgabe von *Drei Soldaten* zurückkehrte. Doch er fühlte sich nicht betrogen, weil er von Frauen nichts anderes erwartet. Genau wie ich. Ich hatte nie Grund, ihr zu trauen, weshalb hätte ich mich betrogen fühlen sollen? Es gibt nur einen Mann, den sie wahr und wahrhaftig hereinlegte.«
»Wer?«
»Ihn.« Ich deutete auf Prescott Demarest.
Demarest machte ein bestürztes Gesicht. »Das ist verrückt«, sagte er ruhig. »Völlig verrückt.«

»Wieso?«
»Ich habe mich schon die ganze Zeit gefragt, was ich in diesem Irrenhaus hier soll. Und jetzt beschuldigt man mich des Mordes an einer Frau, deren Namen ich vor heute abend noch nie gehört habe. Ich kam her, weil ich ein Buch kaufen wollte, Mr. Rhodenbarr. Ich las eine Anzeige in der Zeitung und rief die angegebene Nummer an und kam her, um zu einem sicherlich nicht geringen Preis eine Rarität zu kaufen. Man hat mir eine faszinierende, wenn auch nicht ganz verständliche Geschichte über seltene Bücher und gefälschte Widmungen erzählt, über Schwindeleien, Mord und Betrug. Und jetzt werde ich selbst des Mordes beschuldigt. Ich möchte Ihr Buch nicht kaufen, Mr. Rhodenbarr, ob es eine Widmung an Hitler oder Haggard oder den Teufel persönlich enthält. Noch habe ich Lust, mir weiter den Unsinn anzuhören, der hier erzählt wird. Wenn Sie mich also entschuldigen wollen . . .«
Er wollte aufstehen. Ich hob die Hand, nicht sehr drohend, doch es veranlaßte ihn, sitzen zu bleiben.
»Sie heißen Prescott Demarest«, sagte ich.
»Ja. Aber ich dachte, wir wollten heute abend keine Namen nennen . . .«
»Falsch«, unterbrach ich ihn. »Sie sind Jesse Arkwright. Und Sie sind der Mörder!«

19

»Ich habe Sie heute nachmittag beobachtet«, sagte ich. »Ich sah, wie Sie aus einem Bürogebäude in der Pine Street herauskamen. Ich hatte Sie noch nie zuvor in meinem Leben gesehen, aber irgendwie kamen Sie mir bekannt vor. Dann fiel es mir ein: Es war die Familienähnlichkeit.«
»Ich weiß nicht, wovon Sie reden.«
»Ich rede von den Porträts in Ihrer Bibliothek in Forest Hills. Die beiden Vorfahren in den ovalen Rahmen, die so huldvoll auf den Billardtisch herabblicken. Ich habe keine Ahnung, ob Sie tatsächlich ein Nachkomme des Burschen sind, der die berühmte Spinnmaschine erfand, aber ich bin bereit zu glau-

ben, daß die Typen an der Wand Ihre echten Ahnen sind. Es existiert eine große Ähnlichkeit, vor allem bei der Kinnpartie.« Ich sah Whelkin an. »Sie verkauften ihm ein Buch. Sind Sie ihm denn nie begegnet?«

»Maddy erledigte alles. Sie war der Mittelsmann.«

»Die Mittelsperson, meinen Sie wohl. Ich vermute, Sie sprachen mal am Telefon mit ihm.«

»Nur kurz. Seine Stimme habe ich nicht erkannt.«

»Und Sie?« fragte ich den Maharadscha. »Sie telefonierten noch heute morgen mit Mr. Arkwright, nicht wahr?«

»Möglich, daß es dieselbe Stimme ist. Ich kann es nicht sagen.«

»Das ist völlig absurd!« rief Demarest. Verdammt, ich nenne ihn von nun an lieber Arkwright. »Die angebliche Ähnlichkeit mit ein paar Bildern, die nicht identifizierte Stimme am Telefon . . .«

»Sie vergessen, daß ich Sie sah, wie Sie aus dem Bürohaus in der Pine Street traten. Ich rief Sie dort unter einer bestimmten Nummer an, und das Telefon, von dem aus Sie sprachen, stand im Büro der Tontine-Handelsgesellschaft. Der Firmeninhaber ist ein gewisser Jesse Arkwright. Ich bezweifle, daß Sie mit der Behauptung, es sei alles eine Verwechslung, sehr weit kommen.«

Er brauchte nicht viel Zeit, um sich über seine Lage klarzuwerden. »Okay, ich bin Jesse Arkwright«, sagte er. »Ich habe keinen Grund, diese Scharade weiterzuspielen. Heute erhielt ich einen Anruf, anscheinend von diesem Gentleman hier, den Sie mit Maharadscha anreden; er wollte wissen, ob ich noch das Exemplar von *Fort Bucklow* besäße.«

»Ich hatte die Anzeige gelesen«, warf der Maharadscha ein, »und fragte mich, ob sie echt sei. Da es mir nicht gelang, das Buch von Miss Porlock oder von diesem Buchgeschäft zu bekommen, nahm ich an, daß es sich noch in Mr. Arkwrights Besitz befand. Deshalb rief ich ihn an, ehe ich mich wegen der Anzeige meldete.«

»Und er erwähnte die Anzeige«, fuhr Arkwright fort. »Ich schlug sie auch in der Zeitung nach. Ich rief Sie aus einem Impuls heraus sofort an, denn ich wollte mich etwas umhören und feststellen, was tatsächlich gespielt wurde. Ein Buch war mitten in der Nacht aus meinem Haus verschwunden, und ich wollte versuchen, es zurückzuholen. Außerdem wollte ich auch feststellen, ob es wirklich eine Rarität war, wie man mir gegenüber behauptet hatte. Ich rief Sie also an und kam her, um auf das Buch mitzubieten, falls es dazu kam. Aber deswegen bin ich noch kein Mörder.«

»Sie haben Madeleine Porlock ausgehalten.«

»Unsinn. Ich traf sie zweimal, vielleicht dreimal. Sie kannte mein Interesse an seltenen Büchern und bot mir aus heiterem Himmel den Kipling-Band an.«

»Sie war Ihre Freundin!«

»Ich war nie im Leben dort.«

»Es gibt Nachbarn, die das Gegenteil bezeugen. Sie erkannten Sie nach dem Foto wieder.«

»Nach welchem Foto?«

Ich zeigte es ihm. »Sie haben Sie identifiziert«, sagte ich. »Sie wurden in Begleitung von Madeleine Porlock gesehen, und auch allein. Offensichtlich besaßen Sie Wohnungsschlüssel, denn einige Nachbarn beobachteten, wie Sie aufschlossen.«

»Das sind keine stichhaltigen Beweise. Vielleicht wurde ich gesehen, als ich das Buch abholen kam. Oder sie drückte auf den Türöffner und irgendein Beobachter nahm an, ich habe von mir aus geöffnet, mit einem Schlüssel. Das Gedächtnis ist sehr unzuverlässig, nicht wahr?«

Ich ging nicht weiter darauf ein. »Vielleicht glaubten Sie, daß sie Sie liebte«, meinte ich nur. »Jedenfalls hatten Sie das Gefühl, betrogen worden zu sein. Ich hatte Sie bestohlen, doch deshalb würden Sie mich nicht umbringen. Es genügte Ihnen, daß ich überall meine Fingerabdrücke hinterlassen hatte und die Tatwaffe in meiner Hand hielt. Aber Madeleine Porlock sollte sterben. Sie hatten ihr vertraut, und sie hatte Sie betrogen.«

»Das sind alles nur Vermutungen. Nichts als Vermutungen!«

»Wie steht's mit der Waffe? Einer Marley, Kaliber 32.«

»Soviel ich hörte, ist ihre Herkunft nicht festzustellen.«

»Wieso wissen Sie das? In den Zeitungen stand es nicht.«

»Vielleicht hat es mir ein Vöglein zugezwitschert.«

»Ich bezweifle, daß diese Information von der Polizei gemacht wurde. Wie dem auch sei, manchmal kann der Besitzer einer Waffe schneller aufgespürt werden, als man glaubt.«

»Selbst wenn man die Pistole bis zu mir zurückverfolgen könnte«, antwortete er vorsichtig, »würde das nichts beweisen. Nur, daß Sie sie stahlen, als Sie in mein Haus einbrachen.«

»Aber sie war nicht in Ihrem Haus. Sie verwahrten sie in der unteren linken Schublade Ihres Schreibtisches im Büro der Tontine-Handelsgesellschaft.«

»Das ist absolut unwahr.«

Seine aufrichtige Empörung war rührend. Ich hatte die Automatik aus blauem Stahl in seinem Arbeitszimmer in der Copperwood Crescent gesehen. Jetzt behauptete ich, sie sei in seinem Büro im Schreibtisch gelegen, was nicht stimmte, und deshalb war er wütend.

»Natürlich stimmt es«, sagte ich. »Waffe und Munition hebt man immer am gleichen Ort auf. Und ich habe das verdammte Gefühl, daß in der gewissen Schublade eine fast volle Schachtel 32er Munition liegt. Außerdem ein Tuch zum Säubern und ein paar Reservemagazine.«

Er starrte mich entgeistert an. »Sie waren in meinem Büro!«

»Seien Sie nicht lächerlich.«

»Sie – Sie haben das Zeug hingelegt, weil Sie mir eine Falle stellen wollen.«

»Und Sie klammern sich an einen Strohhalm«, rief ich. »Wollen Sie immer noch behaupten, daß Sie Madeleine Porlock nicht ausgehalten haben? Warum hätten Sie ihr sonst eine Luchsjacke kaufen sollen?«

»Ich habe sie ihr nicht gekauft!«

»Nein? Ihre Frau hat ein paar recht ordentliche Pelzmäntel im Schrank hängen. Das habe ich gesehen, als ich das Buch aus Ihrem Haus holte, Mr. Arkwright. Alle hatten das gleiche Etikett: Arvin Tannenbaum.«

»Was beweist das schon?«

»Die Luchsjacke hat auch ein Tannenbaum-Etikett.«

»Ich wiederhole: Was beweist das schon? Tannenbaum ist eine berühmte Pelzfirma und hat einen Haufen Kunden.«

»Sie kauften Madeleine die Jacke letzten Monat. Tannenbaum führt über seine Kunden Buch. Ein Durchschlag der Rechnung liegt bei seinen Akten, mit Ihrem Namen und einer genauen Beschreibung der Jacke.«

»Das ist unmöglich. Ich habe niemals – nie . . .« Er schwieg. Dann hatte er es sich anders überlegt und sagte vorsichtig: »Selbst wenn ich sie ausgehalten hätte, wie Sie das nennen, und ihr tatsächlich eine Luchsjacke gekauft hätte, würde ich selbstverständlich bar bezahlt haben. Und dann gäbe es keine Rechnung über den Kauf.«
»Das glauben Sie wohl, was? Aber man kennt Sie dort, Mr. Arkwright. Sie müssen ein sehr guter Kunde dort sein. Ich kann mich irren, aber ich bin überzeugt, wenn sich die Polizei Tannenbaums Akten ansieht, wird sie die Rechnung finden. Vielleicht finden Sie sogar im Schreibtisch Ihres Büros der Tontine-Handelsgesellschaft die Quittung mit Ihrem Namen und dem Vermerk, daß Sie bar zahlten.«
»Mein Gott!« sagte er mit aschfahlem Gesicht. »Woher wissen Sie . . .«
»Natürlich sind es reine Vermutungen meinerseits.«
»Sie haben mir eine Falle gestellt.«
»Es ist nicht nett von Ihnen, so was zu behaupten, Mr. Arkwright.«
Er preßte die Hand gegen die Brust, als bekomme er einen Herzanfall. »Alle diese Lügen und Halbwahrheiten«, sagte er. »Worauf laufen sie hinaus? Daß Sie keine stichhaltigen Beweise haben.«
»Manchmal genügen auch andere. Sie hielten die Porlock aus, und mit Ihrer Waffe wurde sie getötet, und Sie hatten ein Motiv für den Mord. Nun, man erwischte Sie nicht mit rauchender Pistole, denn Sie waren so vorsichtig, sie mir in die Hand zu schieben, aber ich glaube, daß der Staatsanwalt Ihnen auch so das Leben schwermachen kann.«
»Ich hätte Sie auch töten sollen, wo ich schon mal dabei war«, sagte er. Seine Stimme klang jetzt sehr gemein. Er hielt die Hand immer noch auf der Brust. »Ich hätte Ihren Finger um den Abzug legen und Ihnen den Lauf in den Mund stecken sollen, damit Sie sich Ihr reizendes kleines Hirn selbst weggeblasen hätten.«
»Das wäre gerissen gewesen«, stimmte ich zu. »Ich tötete sie, weil sie mich beim Einbrechen erwischte, dann nahm ich mir aus einem Anfall von Reue selbst das Leben. Ich hatte noch nie so einen Anfall, doch wer konnte das schon wissen? Warum

taten Sie es eigentlich nicht?«
»Das weiß ich auch nicht.« Er wirkte sehr nachdenklich. »Ich – ich hatte noch nie jemand umgebracht. Nachdem ich sie erschossen hatte, dachte ich nur noch an Flucht. Ich steckte Ihnen nur schnell die Waffe zwischen die Finger und verschwand.«
Na, herrlich! Ein volles Geständnis. Die Polizei hätte kein besseres bekommen, wenn sie ihn vorher über seine Rechte aufgeklärt und ihm erlaubt hätte, seinen Anwalt anzurufen. Es war an der Zeit, daß die rettende Kavallerie auf dem Plan erschien. Ich wollte mich gerade in Richtung Hinterzimmer umdrehen, wo Ray Kirschmann und Francis Rockland alles mit angehört haben mußten, als Arkwright mit der Hand in seine Jacke fuhr. Als sie wieder zum Vorschein kam, hielt sie ein stählernes Etwas
Er sprang auf und trat ein paar Schritte zurück, so daß er uns alle vier im Schußfeld hatte – Whelkin und Atman Singh und den Maharadscha. Und mich, auf den er seine Waffe gerichtet hatte. Wie ich jetzt feststellte, war es ein Revolver.
»Bleiben Sie, wo Sie sind«, rief er und wedelte mit ihm. »Wer sich bewegt, wird erschossen. Sie sind ein schlauer Bursche, Rhodenbarr, aber diesmal wird es Ihnen nichts nützen. Es wird einen Dieb weniger auf der Welt geben, und keiner wird Sie vermissen. Leute wie Sie, die sich am fremden Eigentum vergreifen, sollten nicht frei herumlaufen. Und was Sie betrifft –« dies zu Whelkin, »– Sie haben mich reingelegt. Sie beauftragten Madeleine, Geld aus mir herauszuholen. Sie haben einen Idioten aus mir gemacht. Sie zu töten, fällt mir nicht schwer-.Die anderen Gentlemen haben einfach das Pech, zur falschen Zeit am falschen Ort zu sein. Es tut mir leid, daß ich gezwungen bin . . .«
Eine Frau zu töten ist kein guter Einfall. Aber eine Frau zu übersehen kann manchmal auch ziemliche Folgen haben. Er hatte Carolyn völlig vergessen, und er redete immer noch, als ihn Immanuel Kants Bronzebüste längst am Kopf getroffen hatte. Ich verwende sie als Buchstütze, in der Abteilung Philosophie und Religion.

20

Montag mittag hing ich um Viertel vor zwölf mein Schild *Bin essen* an die Tür und schloß. Das eiserne Gitter zuzumachen war um diese Zeit noch nicht nötig. Ich ging in das Geschäft, wo Carolyn am vergangenen Donnerstag das Essen geholt hatte, und kaufte Felafel-Sandwiches und zwei Becher Pfefferminztee. Der Mann an der Theke tat alles in eine Tragtüte. Ich wußte nicht, ob es ein Araber oder ein Israeli war, ob ich Shalom oder Salaam sagen sollte. Deshalb wünschte ich nur einen guten Tag und ließ es dabei bewenden.

Carolyn war sehr beschäftigt. Sie kämmte gerade einen Lhasa Apso aus. »Gott sei Dank«, sagte sie, als ich auftauchte, und setzte den langhaarigen kleinen Hund in seinen Käfig zurück.

»Mittagszeit, Dolly Lama. Ich kümmere mich später weiter um dich. Was hast du mitgebracht, Bernie?«

»Felafel.«

»Großartig. Nimm dir einen Stuhl.«

Ich setzte mich, und wir aßen. Zwischendurch erzählte ich ihr, daß die Sache gut für uns stehe. Francis Rockland würde weder mich noch den Sikh belästigen, denn er hatte für seinen Zeh dreitausend Dollar Schmerzensgeld vom Maharadscha bekommen. Ich fand es sehr großzügig, vor allem, wenn man bedachte, daß er sich den Zeh selbst weggeschossen hatte. Und ich vermute, daß ein paar Rupien auch ihren Weg in Ray Kirschmanns Tasche gefunden hatten. Geld hat das so an sich. Rudyard Whelkin, der unglaublicherweise eine ganze Brieftasche voll Ausweise auf diesen seltsamen Namen besaß, wurde als Belastungszeuge festgenommen und mit der Auflage, zur Verhandlung zu erscheinen, wieder auf freien Fuß gesetzt.

»Ich bin überzeugt, er ist abgehauen«, sagte ich zu Carolyn. »Er rief gestern abend an und wollte mich überreden, mich von dem Hitler-Exemplar von *Die Befreiung von Fort Bucklow* zu trennen.«

»Sag nur nicht, er will sie dem Scheich verkaufen.«

»Ich glaube, er weiß, was ihm das einbringen würde. Zum Beispiel bei lebendigem Leib die Haut abgezogen zu bekommen. Aber es gibt noch genug andere, die ein Bündel Scheine für so ein Buch hinblättern würden, und Whelkin ist genau der richtige Mann, um sie aufzustöbern. Vielleicht macht er nicht das große Geschäft seines Lebens, aber bis jetzt hat er noch nie einen fetten Brocken verpaßt, und ich halte es für unwahrscheinlich, daß er jetzt auf einmal Pech hat.«

»Hast du ihm das Buch gegeben?«

»Natürlich nicht, er hat ja genug Exemplare. Ich nahm nur die Hitler-Ausgabe aus seinem Zimmer im *Gresham* mit. Wenn er will, kann er ja eine zweite präsentieren.«

»Du willst sie doch nicht verkaufen?«

Vielleicht gelang es mir, beleidigt auszusehen. »Natürlich nicht«, sagte ich. »Ich mag ja in meiner Freizeit ein Hochstapler sein, aber ich bin ein völlig ehrlicher Buchhändler. Ich verkaufe meine Bücher nicht zu falschen Preisen. Außerdem ist das Buch nicht verkäuflich. Es ist für meine eigene kleine Bibliothek bestimmt. Ich glaube nicht, daß ich oft darin lesen werde, aber mir gefällt die Vorstellung, daß es in meinem Regal steht.«

Der Maharadscha sei auf dem Weg nach Monaco, um sich beim Roulett zu entspannen, erzählte ich. Die ganze Geschichte sei sehr anregend gewesen, hatte er gemeint. Ich freute mich, daß er so dachte.

Und Jesse Arkwright, fügte ich hinzu, sei im Gefängnis, besser verwahrt als die englischen Kronjuwelen. Man habe ihn des Mordes beschuldigt, und bei einer Mordanklage könne man nicht gegen Kaution freigelassen werden.

»Nicht daß er wegen Mord verurteilt wird«, erklärte ich. »Um dir die Wahrheit zu sagen, ich wäre überrascht, wenn sein Fall je zur Verhandlung käme. Die Beweise sind mager. Es würde reichen, einen armen Mann zu erledigen, aber er kann sich zu seiner Verteidigung den besten Anwalt leisten, der ihn schon heraushauen wird. Vielleicht wird er wegen Totschlags verurteilt und kriegt ein, zwei Jahre, aber ich wette, daß er keinen Tag absitzen wird. Wart nur ab!«

»Aber er hat einen Menschen umgebracht.«

»Zweifellos.«

»Das ist nicht fair.«

»Die wenigsten Dinge sind fair«, meinte ich philosophisch. »Wenigstens sitzt er im Augenblick noch. Und sein Ruf wird durch den Dreck gezogen, und er wird einen Haufen Geld loswerden und auch persönlich ziemlich viel durchmachen. Jedenfalls wird er nicht mehr der sein, der er war, ehe du ihn mit der Buchstütze erledigtest.«

»Ein Zufallstreffer.«

»Mir schien es genau der richtige Wurf zu sein.«

Sie grinste. »Vielleicht sollte ich zum Handball überwechseln.«

»Ob du da nicht zuviel laufen mußt? Da wir gerade von Fairneß reden – die Blinns kommen mit ihren Versicherungsansprüchen auch durch. Und ich werde nicht wegen des Einbruchs in ihre Wohnung angeklagt, da ich mitgeholfen habe, Arkwright des Mordes zu überführen. Das ist ziemlich anständig von der Polizei. Die Blinns werden für das Zeug entschädigt, das ich stahl. Dabei stahl ich es gar nicht, und wenn das fair sein soll, dann erklär mir mal, wieso.«

»Vielleicht ist es das nicht«, sagte sie, »aber ich freue mich darüber. Ich mag Gert und Artie.«

»Ich auch. Es sind nette Leute. Dabei fällt mir etwas ein. Gestern abend rief mich Artie an.«

»Tatsächlich? Dieser Pfefferminztee schmeckt übrigens großartig. Nur ein bißchen süß. Kann man ihn nicht ohne Zucker bekommen?«

»Sie verkaufen ihn nur süß.«

»Er wird meine Zähne kaputtmachen. Aber es ist mir egal. Dir doch auch, oder?«

»Ich kann mich nicht weiter darüber aufregen. Artie wollte folgendes wissen. Er fragte, ob . . .«

»*Ich* möchte auch ein paar Dinge wissen«, unterbrach sie mich.

»Ja?«

»Wegen Rudyard Whelkin. War er wirklich nicht normal, als er sich mit dir verabredete, oder klang er nur so?«

»Er klang nur so.«

»Warum? Und warum erschien er nicht in der Wohnung der Porlock?«

»Das war ihre Idee. Sie erklärte ihm, daß sie noch ein Treffen mit dem Maharadscha vereinbart habe, dem sie auch ein Exemplar verkaufen wolle. Natürlich wollte sie Whelkin nicht

in der Nähe haben, wenn sich das alles abspielte. Sie schlug ihm vor, mich im unklaren zu lassen, damit ich nicht merkte, daß er mich hereinlegen wollte. Er konnte sich später immer noch bei mir melden oder behaupten, er sei betäubt worden und habe deshalb die Verabredung nicht einhalten können. Natürlich lief dann alles schief, als Arkwright sie erschoß. Deshalb klang er am Telefon so seltsam – eine Art Rückversicherung.«
Sie nickte nachdenklich. »Ich verstehe«, sagte sie. »Allmählich wird mir das Ganze etwas klarer.«
»Kommen wir wieder zu Artie Blinn . . .«
»Und deine Brieftasche?«
»Arkwright nahm sie mir ab und legte sie unter ein Kissen, damit sie die Polizei bestimmt fand. Habe ich dir das nicht gesagt? Da wußten sie gleich, wen sie verdächtigen mußten.«
»Und danach?«
»Ach so.« Ich klopfte auf meine Jacke. »Ich habe sie wieder. Man hatte sie als Beweismittel zu den Akten genommen, aber kein Mensch wußte, was sie beweisen sollte. Ray sprach mit dem richtigen Mann, und ich erhielt sie wieder.«
»Was ist mit den fünfhundert Dollar?«
»Entweder waren sie schon weg, ehe die Polizei die Brieftasche fand, oder einer der Polizisten hat sein Einkommen aufgebessert. Jedenfalls sind sie nicht mehr da.« Ich zuckte die Achseln. »Wie gewonnen, so zerronnen.«
»Eine gesunde Einstellung.«
»Hm-hm. Aber was Artie betrifft . . .«
»Wer redet von Artie?«
»Bisher noch niemand. Doch jetzt *muß* ich von ihm sprechen. Er möchte wissen, wo das Armband geblieben ist.«
»Mist.«
»Er habe dich gefragt, als du mit den Fotos bei ihnen gewesen seist, aber du habest vergessen, es mitzubringen.«
»Mist.«
»Ich glaube mich zu erinnern, daß ich dich noch beim Aussteigen danach fragte und du sagtest, es stecke in deiner Tasche.«
»Ja«, sagte sie. Sie trank einen Schluck Pfefferminztee. »Ich log, Bernie«, erklärte sie. »Ich belog Artie und Gert. Das Armband war in meiner Tasche, aber ich behauptete, ich hätte

es nicht dabei.«
»Ich wette, du hattest einen guten Grund.«
»Offen gestanden einen ziemlich miesen. Die ganze Zeit über mußte ich daran denken, wie gut es einer bestimmten Person stehen würde.«
»Diese bestimmte Person ist nicht zufällig Miranda Messinger?«
»Ich brachte ihr gestern abend die Polaroid zurück. Sie hatte nicht mal gemerkt, daß sie weg war. Ich schenkte ihr das Armband als Friedensangebot und erzählte ihr alles und . . .«
»Jetzt seid ihr wieder zusammen.«
»Zumindest gestern abend. Auf längere Sicht möchte ich lieber keine Prognosen stellen. Ich sage dir, der Weg zum Herzen dieser Frau führt über ein vergoldetes Handgelenk.«
»Hauptsache, es hat genützt.«
»Was machen wir mit den Blinns?«
»Ich lasse mir was einfallen. Nur keine Aufregung.«
»Hör mal, Randy hat heute abend Tanzunterricht. Hast du Lust, danach mit uns zu essen? Wir könnten hinterher ins Kino gehen oder irgend so etwas.«
»Liebend gern«, antwortete ich. »Aber heute abend ist nichts drin.«
»Eine Verabredung?«
»Nein.« Ich zögerte. Ach was, zum Teufel damit! »Wenn wir uns heute abend treffen«, sagte ich, »trinke ich nur Perrier.«
Ihre Augen wurden groß. »Was? Du hast einen neuen Fischzug vor?«
»Ich würde dieses Wort zwar nicht benützen, aber darauf läuft es hinaus – ja.«
»Wo?«
»In Forest Hills Gardens.«
»Da warst du doch gerade erst.«
»Sogar im selben Haus. Der Mantel, den ich Ray Kirschmann beschrieb, war kein Produkt meiner Phantasie. Er hängt in Elfrida Arkwrights Schrank. Und wenn ich Polizisten etwas verspreche, halte ich es auch. Deshalb fahre ich heute hin.«
»Wird Elfrida nichts dagegen haben?«
»Sie ist nicht zu Hause. Gestern besuchte sie ihren Mann im Gefängnis, dann fuhr sie nach Hause und überlegte sich ein

paar Dinge. Sie packte eine Tasche und reiste ab – Ziel unbekannt. Vielleicht heim zu Mama. Oder nach Palm Beach. Sie hatte wohl Angst vor dem ganzen Rummel.«

»Ich kann sie verstehen.« Carolyn legte den Kopf schief. Ein träumerischer Ausdruck trat in ihre Augen. »Geschieht dem Kerl nur recht. Er bringt seine Freundin um und wird dafür nicht mal sitzen müssen. Ich erinnere mich, wie du mir von dem Haus erzähltest. Du sagtest, am liebsten würdest du mit einem Laster vorfahren und alles aufladen, vom Kronleuchter bis zu den Teppichen.«

»Den Wunsch hatte ich.«

»Und heute abend – tust du's da?«

»Nein.«

»Nur den Mantel?«

»Tja, also . . .«

»Es ist auch Schmuck da, nicht wahr? Vielleicht können wir das Armband ersetzen.«

»Der Gedanke ist mir auch schon gekommen.«

»Und dann die Münzsammlung!«

»Ich kann mich gut an sie erinnern, Carolyn.«

»Fährst du mit dem Pontiac?«

»Das hieße wohl, das Glück zu versuchen.«

»Laß mich mitkommen!«

»Was?«

»Warum nicht?« Sie legte mir die eine Hand auf den Arm. »Ich kann dir helfen. Als wir Randys Polaroid klauten, habe ich dich auch nicht gestört.«

»Wir haben sie uns nur geliehen!«

»Unsinn. Wir klauten sie. Und als wir sie nicht mehr brauchten, haben wir sie ihr netterweise wiedergegeben. Wenn du die Sache so siehst, habe ich als Dieb bereits ziemlich viel Erfahrung. Nimm mich mit, Bern! Bitte! Ich kaufe mir Gummihandschuhe und schneide die Handballen heraus, ich verzichte auf den Drink nach Arbeitsschluß, ich tue alles, was du willst! Bitte!«

»Mein Gott, Carolyn . . . du bist doch eine ehrbare Person! Keine Vorstrafen. Ein nützliches Glied der Gemeinde!«

»Ich wasche und kämme Hunde, Bernie, eine ziemlich haarige Angelegenheit.«

»Bedenke das Risiko!«
»Ist mir gleich.«
»Und ich arbeite immer allein, verstehst du. Nie mit einem Partner.«
»Oh!« Sie machte ein betrübtes Gesicht. »Na, dann ist wohl nichts zu machen. Daran hatte ich nicht gedacht. Wahrscheinlich wäre ich für dich sowieso nur eine Belastung gewesen. Okay, Bernie. Es ist schon gut.«
»Kein Drink nach der Arbeit!«
»Keinen Tropfen. Ich darf also mitkommen?«
»Und zu keinem Menschen ein Wort. Nicht zu Randy, zu niemand.«
»Meine Lippen sind wie versiegelt. Ist es dein Ernst? Ich kann mitkommen?«
Ich zuckte die Achseln. »Ach, was soll's«, sagte ich. »Es war praktisch, dich neulich dabeizuhaben. Vielleicht kannst du dich auch diesmal nützlich machen.«

SERIE PIPER

Barbara Paul

5543

»Barbara Paul führt ungemein spannend und pointensicher ein wohlausgeklügeltes Mordspiel vor.« *Süddeutsche Zeitung*

Wenn der ärgste Feind, den man hat, aus heiterem Himmel von Mörderhand hingestreckt wird, wer wäre da nicht versucht, an Schicksal zu glauben. Doch nur zu bald weicht Walshs Wunderglauben einem schrecklichen Alptraum...

5544

»Eine temporeiche, witzige Mordgeschichte aus der New Yorker Medienwelt.« *Kirkus Review*

Eines Tages hilft Kelly Ingram, Top-Star der New Yorker Medienszene, einem Kollegen mit ein paar Kopfschmerztabletten aus. Am nächsten Tag wird der Betreffende tot aufgefunden: die Pillen enthielten Zyanid. Kelly, der Star, eine Mörderin? Oder war sie selber Ziel eines Mordanschlags?

5573

Das große Pech des über zwei Meter großen King Sarkowicz ist es, daß er aus lauter trotteliger Ungeschicklichkeit permanent Leute umbringt. Zugleich ist er ein Genie, was die Konstruktion von Robotern betrifft, und an einem Rüstungsprojekt beteiligt, was die Fülle der Leichen in seiner Umgebung natürlich besonders prekär macht.